ベスト時代文庫

献残屋 秘めた刃

喜安幸夫

KKベストセラーズ

目次

この作品はベスト時代文庫のために書き下ろされたものです。

秘めた刃《やいば》

一

　夕刻に近づいても風が凪《な》いだままで、一帯はなお蒸し暑さを溜《た》めていた。そのせいでもあるまいが、志江《しえ》は脳裡に起こる懸念を払拭《ふっしょく》できなかった。かといって、いま具体的な揉め事を抱えているわけではない。

　それでも、

「おまえさん、気をつけてくださいねえ」

　言いながらわざわざ下駄をつっかけ往還《おうかん》まで出てきたのは、ひと月ほど前に街道筋であった辻斬《つじぎ》りを、身近なものと感じているからでもなかった。ただ、亭主の箕之助《みのすけ》が新たな商い先を訪ねるとき、いつも案じられてならないのだ。

　だが、

「なあに、きょう行くところは心配ないさ。商いは初めてでも、気心の知れたお店《たな》だから」

玄関先で首筋を手拭《てぬぐい》でぬぐい、振り返った箕之助に懸念の色はなかった。むしろ、これからの相手方にほほえましいものを感じていた。

箕之助が赤羽橋《あかばねばし》の蓬萊屋仁兵衛《ほうらいやにへえ》から暖簾《のれん》分けを許され、芝《しば》三丁目に小さいながら大和屋《やまとや》の看板を掲げたとき、仁兵衛から日ごろの口癖《くちぐせ》をあらためてかぶせられたものだった。

『この商いは、どのお屋敷でも大店《おおだな》でも奥向きに通じることが多い。問題があるとき、相談には乗ってもみずから口を出すようなことをしてはなりませんよ』

仁兵衛の言葉を、もちろん箕之助は肝《きも》には銘じている。

しかし、

(そう言われても)

知らぬ間に巻き込まれ、それによってむしろ……というのが、箕之助の偽《いつわ》らざる気持ちであった。

いま敷居をまたいだ玄関の軒端《のきば》に〝よろづ献残《けんざん》 大和屋〟と記した小さな木札が掛けられている。献上品や冠婚葬祭の品を買取り、また売りさばく商いで、いわゆる贈答の品を循環させる献残屋である。なるほど奥向きに通じやすく、事情によっては心遣いを内聞に秘さねばならない場合もあり、扱う商品も熨斗鮑《のしあわび》や葛粉《くずこ》などといった日常の用に供するものから、刀や高価な茶器までである。それらの背景になにが潜んでいるのか、またいかなる事態を呼びこむのか、外部からは計り知れない。

箕之助はふたたび手拭で首筋をぬぐった。片方の小脇には風呂敷包みを大事そうに抱えている。金海鼠《いりこ》といわれる海鼠《なまこ》を干したものと雲丹《うに》が入っている。いずれも庶民の食卓にはそうざらにお目見えする品ではない。届ける相手は田町《たまち》四丁目に暖簾を張る傘問屋の芳《よし》五郎《ごろう》である。傘職人を幾人か抱え、雨傘や日傘を作って売り、もちろん古い傘を買取って油紙を張替えた中古も扱っている。この点は献残屋と似て、箕之助とけっこう話も合う。街道に面した店先に、子供の背丈ほどもある唐傘《からかさ》の形に彫刻した板看板《いたかんばん》を提げている。そこに大きく〝張《は》り芳《よし》〟と浮き彫りにしているのは、芳五郎が傘張りから身を起こし、一代で街道沿いに店を立ち上げてからも、

『骨の一本一本まで粗末にしない気持ちを失わないためですよ』

と、箕之助は以前、芳五郎から直接聞かされたことがある。そのせいもあろうか郷里にちなんで上州屋《じょうしゅうや》という屋号を一応構えているものの、張り芳のほうが近辺はもちろん同業者仲間でも通り名となっている。

その張り芳の芳五郎がきょうの午前《ひるまえ》、田町四丁目からふらりと芝三丁目に顔を見せ、

「——大和屋さん、ちょいと面倒かもしれないが、気持ちを届けたいんですよ。ありきたりのものじゃ心が通じないいし、かといって高すぎればかえって失礼かと思いましてね」

と、相談を持ちかけたのだ。

東海道は日本橋から伝馬町《てんまちょう》や京橋《きょうばし》、新橋《しんばし》などの繁華な街並みを過ぎ、増上寺《ぞうじょうじ》の門前を経て古川《ふるかわ》にかかる金杉橋《かなすぎばし》を南に越え金杉通りを過ぎれば芝一丁目から四丁目、つぎに田町一丁目から九丁目へと町家がつながり、田町九丁目を過ぎれば街道の片側は袖ヶ浦《そでがうら》の海浜となり、潮風を受けながらふたたび両脇に町家が立ちならびはじめ、その先はもう東海道最初の宿駅となる品川宿《しながわじゅく》である。いわば芝と田町は、互いにけっこう広い範囲だが街道一筋でつながった隣町同士である。

ただ、張り芳の板看板は人通りの絶え間ない街道に面して提げられているのに対し、大和屋の木札は街道から海辺側へ二筋ほど入った裏通りの軒端《のきば》にくるくると回っている。もっとも献残屋は商品を通行人から見えるところに置いて客を呼ぶ商いではないから、表通りに看板を掲げる必要はない。大和屋などは規模も小さく、前を通っただけではただの民家か、商いをしていてもなにを商っているのか分からないほどである。

芳五郎が説明するには、十歳になる息子が暑気中《しょきあた》りで寝こみ、そのまま何日も起きられず、やがて高熱を発して苦しみはじめたので慌てて三田《みた》二丁目の町医者、左右善《そうぜん》先生を呼んで薬湯を調合してもらい、およそ十日目にして熱は引き、起き上がれるようになったというのである。濡れ手拭で汗を拭き拭き寝かせておくだけでは息をつまらせたか、あるいは命を落とさなくとも脳に支障を来《きた》していたかもしれないところだったらしい。

左右善先生なら箕之助も知っている。噂はよく聞くし療治処《りようちしよ》にも何度か行ったことがあり、往還《おうかん》で会えば立ち話もする。

大店《おおだな》や高禄の武家からは十分な薬料をとるが、貧困の患者へは無料で施薬し、裏長屋の住人を診ても薬料は安く、それにいつまでも催促なしで待ってくれるという。なかにはもっと取ってくれと頼む商家もあるほどで、張り芳の芳五郎も十両は下るまいとおそるおそる値を訊くと、

「――それが思った価《あたい》の五分の一にもならず、かえってどのように息子の命を救っていただいたお礼をしようかと戸惑いましてな。ともかく女房とも相談しまして、きょうはまとまったお礼をするためのつなぎの品をと思いまして」

と、それが相談であった。

話を聞いた箕之助も感動の表情になり、

「――さすがは左右善先生。いずれの出のお方なんでしょうねえ」

詮索《せんさく》したのではない。畏敬の念からふと口にしただけなのだ。芳五郎も、

「——はて、そういえば」

と、首を一度かしげただけでこの話題はさきに進まなかった。家族はいないようだから江戸者ではないのだろう。十五、六歳の娘が一人、女中兼薬籠持《やくろうもち》のようなことをしながら一緒に住んでいるが、その娘が孤児《みなしご》であるのは町内周知のことである。事情を知らない者が見れば、老境の好人物が孫と一緒に住んでいるように見えようか。七、八年前に門付《かどづ》けの母娘《おやこ》が近くをふらふらと歩き、母親のほうが空腹か疲労かあるいはなにがしかの病があったのか往還で倒れ、町の者が左右善のところへ担ぎこんだが数日で息を引き取り、残された娘は自分の名をセイというだけで行く場所も帰る所もなく、左右善がそのまま家に置いて今日に至っているのだ。それ以上のことは分からないが、箕之助は訊かなくてもいいことを訊いてしまったような気がして、

「——なにかいい品を見つくろい、きょう中に持って参じましょう」

と話題を変えたのだった。

だが、小規模な大和屋では即座に間に合うような気の利いた品はなく、箕之助は本家になる赤羽橋の蓬萊屋に走ったのだった。蓬萊屋あるじの仁兵衛も左右善のことはよく知っていた。知っているというよりも、何度か診《み》てもらったこともある。左右善の療治処までなら、大和屋からよりも蓬萊屋からのほうが近いほどだ。東海道を品川宿から江戸府内に

向かえば、田町四丁目の札ノ辻《ふだのつじ》で街道から北へ進む往還が分岐し、そこに入った一帯が三田二丁目で、さらに進めば古川の金杉橋より上流になる赤羽橋《あかばねばし》に至る。それを渡った一角に蓬莱屋は暖簾を出しているのだ。そこはもう増上寺の裏手にあたり、周囲には大名屋敷や高禄の武家屋敷がならび、昼間でも人通りは閑散としているが、大振りの献残屋にはかえっていい立地である。

「——ほうほう。それなら」

と仁兵衛は番頭に金海鼠《いりこ》と雲丹《うに》を用意させ、左右善の性格をよく知っているのか、

「——あの先生なら、品物の下に小判をしのばせるような真似《まね》でもしたら、かえって怒り、突っ返してくるだろうよ」

と、窪《くぼ》んだ小さな双眸《め》を嬉しそうにほころばせていた。もちろんそのとき左右善の出自《しゅつじ》など話題にならなかった。仁兵衛も、それを話題にしたり詮索したりするなどかえって申しわけないような、人を診るのは上手だが金もうけのきわめて下手な医家中の医家といった思いを、左右善に寄せているのだ。

箕之助がその金海鼠と雲丹の風呂敷包みを大事そうに小脇に抱え、まだ人通りの多い街道を張り芳のある田町四丁目に歩を進めているころ、

「あら、先生におセイちゃん。休んでらっしゃいましな」

左右善は、おなじ街道筋で田町八丁目の腰掛茶屋《こしかけぢゃや》から声をかけられていた。往診の帰りらしく薬籠を抱えたセイをつれている。

声をかけながら前掛《まえかけ》姿で往還に出てきたのは、茶汲み女の舞《まい》であった。田町の七丁目あたりから八、九丁目にかけて、街道筋の街なみは札ノ辻や芝とは異なり、縁台を道脇に出し簀《よしず》で囲った茶屋がずらりとならんでいる。江戸府内から旅に出る者は、このあたりで見送り人と別れを告げるため、ちょいと茶を一杯と縁台に腰掛け、西から東海道を歩いてきた旅人はようやく着いたとばかりに縁台に小休止し、茶汲み女の江戸詞《ことば》にやっとお江戸に入った思いを嚙み締める。もちろん旅人に限らず、駕籠《かご》舁きや荷運びの馬方《うまかた》人足たちがちょいと腰を下ろし、口を湿らしていくこともある。だから茶代などは長屋の子供の小遣い程度の一杯三文から四文ときわめて安い。もちろん往来人が小腹の空いたのを満たすため串団子やおにぎり、簡単な焼き魚なども出している。

「おうおう、これは、これは」

と、左右善は顔をほころばせ、声をかけてきた茶屋の縁台に歩み寄った。この界隈の茶屋で左右善がちょいと休憩し、茶の一、二杯飲んでもお代を取るようなところはない。むしろ旅の僧侶に対するのとおなじで、功徳《くどく》を積むように競って声をかけ、茶をふるまっている。そのあいだ、セイは遠慮しているのか立ったままで左右善が飲み終わるのを待っている。日常の躾《しつけ》がゆきとどいているようだ。だから病家を往診したときのセイの立ち居振る舞いは、

『まるで武家の腰元のような』

と、きわめて評判がいい。

「先生、お疲れさんのようですが、きょうは遠くまでだったんですか」

町娘を絵に描いたような舞が縁台に湯呑みを置きながら言うと、左右善はいつものことのように、

「あゝ、ちょいと品川宿までな。呼びに来るほうも大変じゃったろう」

左右善の評判はかなり広い範囲にながれており、品川宿や増上寺門前あたりからも辻駕籠をつれて迎えに来ることもある。そのようなときは駕籠に乗って一人で行くのだが、きょうは数日前に診た病家で、セイをともない歩いて行って歩いて帰ってきたようだ。

「ほう。それならお付きの者も疲れたろう。座っていけばよい。舞、おセイにもお茶をのう。俺は別の店にでも移るか」

言いながら舞のいる茶屋の縁台から刀を手に腰を上げたのは、月代《さかやき》を伸ばした百日髷《ひゃくにちまげ》の日向寅治郎《ひゅうがとらじろう》だった。見るからに浪人風情だがこざっぱりとし、胡散臭《うさんくさ》さは感じさせな

い。向かいの茶屋の女が立ち上がりかけた寅治郎を目にしたのか、

「旦那ア。こっち、いまお茶の葉っぱ入れ替えたばかり。おいでなさいましな」

飛び上がるようにして街道越しに手を振った。そのあいだを、通りかかった荷馬と走りこんできた辻駕籠がさえぎった。

「旦那、いいじゃありませんか。きょうはここからこのまま帰れば」

「さようで。三人や四人で窮屈になるような店じゃありませんぜ」

舞が引きとめたのへ、奥からあるじの嗄《か》れた声がつないだ。元漁師で老いてから茶屋の権利を買って夫婦で商っているのだが、若い息遣《いきづか》いも必要と舞を雇っているのだ。

「どうですかな。日向どのはいつ見てもお元気じゃが、悪いところはありませんかな」

「ハハ。毎日あちこちの茶屋に居候《いそうろう》ばかりで、躰《からだ》がなまってしまうのが悪いところですかな」

左右善も引きとめるように言ったのへ寅治郎は返し、セイが座るのと一緒に腰を据えなおした。

さきほどのあるじも出てきて、話す内容は肩が凝るとか腰が痛むなどと日常のごくありきたりの話だったが、左右善がセイに、

「おまえはさきに帰っていなさい。私はもうしばらく休んで、ゆっくり帰るから」

なにげなく言うとセイは、

「い、いえ。一緒に」

と、腰をわずかに動かしただけだった。このとき寅治郎はセイのようすに疑念を覚えることはなかった。逆に、

（あるじ思いの感心な娘）

感じたほどである。

もう夕刻に近いせいか、そう長居をするわけでもなかった。この時分になると、江戸府内に入る旅姿はいずれも速足《はやあし》になり、荷馬や大八車も日の暮れぬうちにと急ぎはじめ、街道全体が慌《あわただ》しくなる。一日の終わりが近づいた毎日の光景である。

「さて、私たちも」

左右善は飲み干した湯呑みを縁台に置くと、なぜか街道の人のながれへ右に左にと目を配ってから腰を上げた。よっこらしょと声を出すわけでもなく、腰を叩いたりもしない。むしろ座りつづけている寅治郎のほうが、立つ姿は年寄りじみて見える。

「元気なもんだねえ」

と、いつものことながら茶屋のあるじが自分とおなじくらいの歳《とし》の左右善を見送っている。

「馳走《ちそう》になりましたな」

左右善はふたたび街道の人の動きに目をやり、歩み出た。そのときだった。うしろにつづいたセイが、チラと寅治郎へ視線を投げた。

（ん？）

奇異なものを感じた。その目が、なにかを訴えたがっているように見えたのだ。寅治郎は、この界隈の茶屋が寄り合って雇われている街道の用心棒なのだ。街道を往来する者のなかには、茶汲み女にちょいといたずら心を起こす者が少なくない。騒ぎになることもある。

だが、寅治郎が近辺の茶屋の縁台に終日腰かけるようになってから、茶汲み女たちは心置きなく働けるようになった。もし悪戯《わるさ》をする者がいたなら、そやつは寅治郎の存在を知らないよそ者ということになる。

一度、すこし酔った若い武士が茶汲み女の手を取って引き寄せ、騒ぎになったが、寅治郎が駈けつけ、刀を抜こうとした若侍の腕を、常にふところにしている鉄扇《てっせん》で素早く押さえ込み、相手に恥をかかせることなく収めたことがある。若侍は酔っていたとはいえ、寅治郎の足腰や手さばきからとっさにその技量を知り、引かざるを得なかったのだ。

そうした噂《うわさ》は左右善もセイももちろん知っている。だが、セイは左右善から隠れるように寅治郎へ視線をながしたのだ。だとすれば、左右善に話せないことなのか。だが一方、さきほどセイは一人で帰るのをためらい、左右善から離れようとしなかった。ならば、左右善となにがしかの関わりがあることなのか、見当がつかない。しかもセイの目は、怯《おび》えた色を浮かべていた。

「セイ」

「は、はい」

逆に寅治郎が思わず呼びとめたのへ、セイは身をこわばらせて振り返った。寅治郎は判断のつかないまま、

「芝三丁目の大和屋を知っておるか。俺はいつもそこにとぐろを巻いておるでのう」

「え？　ええ」

セイは解したようだ。

(相談があれば、大和屋に――)

言ったのだ。

低声《こごえ》だったが左右善にも聞こえたのか、

「え、大和屋さん？　赤羽橋の蓬萊屋さんから分家なされたお人じゃったな。それがなにか」

言いながら振り返った。

「さ、先生。早く帰らねば、陽が落ちます」

一瞬返答にとまどった寅治郎にセイが気を利かせた。

「そうじゃったな」

左右善は身を返し、

「蓬莱屋の仁兵衛さんも大和屋さんも、おもしろい人たちじゃ」

言いながらさほど気にしたようすもなく、動きの慌しくなった街道に歩を進めた。セイは薬籠を小脇に数歩進んでからまた振り返り、寅治郎と目を合わせた。寅治郎は軽く頷きを返した。セイもかすかに頷いたようだった。

「旦那、どうしたんですか？　おセイちゃんに……」

空の湯呑みを盆に載せながら舞が怪訝《けげん》そうに言った。寅治郎はまだ人波のなかに遠ざかる左右善とおセイの背に目をやっている。

「気がつかなかったか。おセイのようすに」

「べつに」

舞は盆を持って奥に入った。陽が落ちかけると、この一帯の腰掛茶屋の多くは店をしまいはじめる。

「きょうも大和屋にちょいと立ち寄るか」

「はいな」

舞は奥から返事を返した。もう帰り支度をはじめたようだ。あたりはようやく凪《な》いでいた風が、陸から海に向かって吹く気配を帯びはじめていた。

二

「左右善先生なあ」

「だから、なんなんですよう」

街道を札ノ辻のほうへ向かう寅治郎と舞を、商人風の旅姿が足早に追い越し、その横をまた辻駕籠がかけ声とともに土ぼこりを巻き上げながら追い越していった。二人はゆっくりと芝三丁目に向かって歩いている。

珍しいことである。いつもならいずれかの揉め事に知らず踏み入り、のっぴきならなくなってから寅治郎に助っ人を頼むのは箕之助のほうである。だがいま、寅治郎のほうから事前に箕之助へ何事かを訊《き》こうとしているのだ。

寅治郎の風貌は精悍で、見かけは四十路《よそじ》に達しているかのようだが、まだ三十代なかばである。歳よりも老《ふ》けて見えるのは、もう何年も浪々のなかに身を置いてきたせいであろうか。住まいは舞とおなじ芝二丁目の裏店《うらだな》に置いている。路地裏の長屋である。陽が昇ったころに芝三丁目の大和屋の前を経て街道の札ノ辻を過ぎ、田町の茶屋のならびに通っている。舞は親なしで兄の留吉《とめきち》と暮らしている。大工で二十歳《はたち》を数年越したほどの若輩ながらなかなか目端が利き、妹の舞ともども何にでも首を突っこみたがる性分だ。

海風が出てきたが、まだ樹々の葉を揺らすほどでもない。

札ノ辻あたりで、府内に荷を運んだ帰りか家路を急いでいるのであろう、空の大八車とすれ違った。張り芳の唐傘形の看板がかすかに海風を受けている。さっき金海鼠と雲丹を納めた大和屋の箕之助がそこから出てきて、もう人のながれに背までは見えないが、芝の方向へ帰ったばかりである。

寅治郎と舞の足も田町を過ぎて芝の街なみに入り、脇道にそれた。もう夕方であり、脇道に人通りは少ない。一帯では深夜になってあたりが静寂に包まれたころ、耳を澄ませば江戸湾の潮騒がかすかに聞こえてくる。

「あら、きょうは二人ご一緒?」

と、志江が玄関の三和土《たたき》に立った寅治郎と舞を迎えたとき、箕之助はもう帳場格子ではなく奥の部屋でくつろいでいた。奥といっても、店の板敷きの間から廊下を入れば、商売道具の物置にしている部屋と、つぎに居間があるだけでその奥は台所と狭い裏庭となり、二階は一間しかない。

「えゝ、一緒なの。それがおかしいのよ、お姐《ねえ》さん。きょうは日向の旦那のほうからここへ寄ろうなんて言いだして」

と、舞は志江を〝お姐さん〟と称《よ》んでいる。

「こらこら、おかしいのは俺ではない。セイのことだ。それについて献残屋ならなにか聞いておらぬかとここへ来たのではないか」

言う寅治郎の声に奥から、

「これはまたお揃いで。私もさきほど田町のほうから帰ってきたばかりですよ。それにいま、セイと聞こえましたが左右善先生のところの？」

言いながら廊下から箕之助も店場に出てきた。

「そうなのよ。そのおセイちゃん。それを日向の旦那が、なにやらおかしいって」

「えっ、左右善先生？」

志江が箕之助に視線を向けた。

「ともかく、お上がりくださいよ」

一瞬できた空白を、箕之助は埋めた。

「あたしにはなにがおかしいのか分からないんだけど」

廊下から志江と直接台所に入った舞は言う。

「どういうことですか」

「理由《わけ》は分からぬが、きょう左右善どのが茶屋に立ち寄ってなあ」

箕之助と寅治郎は居間に腰を下ろしながら、もう話をはじめている。もちろん開け放しているので台所にも聞こえる。志江が淹《い》れた茶を舞が盆に載せ、居間の卓袱台《ちゃぶだい》に運んだときには、

「献残屋なら、なにか心当たりはないかと思うてのう」

と、寅治郎はセイのようすを話し終えたところだった。

「おまえさん。きょうの張り芳の旦那の品」

志江も前掛《まえかけ》で手を拭きながら卓袱台の座に加わった。

「張り芳とは、街道の、あの傘屋か」

「そうなんですよ。偶然というかどうか」

懐かしそうに言う寅治郎へ箕之助は応《こた》え、

「ご存知のとおり、左右善先生ならいい話は聞いても妙な噂など」

と、張り芳からきょう贈答の相談を受けた話をした。

「うむ。張り芳らしい気の遣《つか》いようだのう」

と、寅治郎は得たりとばかりに相槌を打った。田町の街道筋の用心棒になる前、浪々の身の常で寅治郎も張り芳から仕事をもらい、傘張りをしていたことがあり、あるじの芳五郎とは昵懇《じっこん》なのだ。張り芳はそうした浪人を、田町から芝の界隈にかけて幾人か抱えている。

寅治郎の内職は一風変わっていて、もう四、五年も前のことになるが、自分のほうから出張り、なんら恥じ入ることもなく店の帳場の隅に陣取って格子越しに街道の往来人を見つめながら傘の骨に油紙を張っていたのだ。そのときたまたま酔った遊び人に近くの商家の娘がからまれているのを目にし、飛び出してそやつを瞬時に叩きのめしたのが縁になり、茶屋のほうから用心棒にと声がかかったのだ。

寅治郎が張り芳から田町七、八丁目の茶屋へ仕事の場を移すとき、張り芳はむろん近所の飲食の店も残念がったものだった。

仕事の場を茶屋の縁台に変えてからも、寅治郎は常に街道を行く往来人に視線を投げていた。それがまた茶屋のあるじや女たちから信頼を得ているのである。

「やはりのう。左右善どのの人柄なら俺もよく知っておるつもりだがのう」

寅治郎はあらためて首をひねった。

「ホラ、旦那。あたしはなんにも感じなかったんですから。きょうの旦那、おかしいですよ。あんないい先生とまじめなおセイちゃんなのに」

「そのとおりだ。だから、かえってなにか潜んでいるとは思わぬか。きょうのセイの素振りは」

舞の言葉へ寅治郎が言ったのへ、

「確かに。日向さまのおっしゃるおセイちゃんのようすだと」

応じたのは志江だった。

「しかしねえ、あの先生になにか潜んでいるなど」

「あるかもしれぬ。左右善どのはの、そなたらは気がつくまいが、以前はどこぞの武士だったに違いない。あの身のこなし、それに手のひらに竹刀《しない》だこが残っている。ずっと前に気づいたのだがな。かなりの使い手かもしれぬぞ」

箕之助が言ったのへ寅治郎は返した。

「そういえば、おセイちゃんもお武家の腰元のように躾《しつ》けられて」

舞が返したのへ、志江は頷いていた。外はもうとっくに陽は落ち、屋内ではそろそろ明かりが欲しくなっていた。

「あらあら、もうこんな時分になって」

台所へ油皿の火種をとりに、志江が腰を上げたときだった。

「ごめんくださいまし」

玄関口から控えめな女の声が入った。

「こんな時分、誰かしら。あたしが」

台所に入った志江に代わり、舞が玄関口に出た。すぐに舞の驚いたような声が聞こえてきた。

「おセイちゃん！　来たの？　ほんとに」

「えっ」

台所で志江が低い声を上げ、箕之助と寅治郎は顔を見合わせた。

「ほら、その草履《ぞうり》。いまちょうど日向の旦那、ここにいなさるの。上がりなさいよ」

「やっぱり、ここでよかったんですね」

舞の急かすような早口にセイの声がつづく。

「おう、いるぞ。遠慮はいらん。上がれ」

寅治郎が廊下のほうに身をよじり、自分の家のように大きな声を投げた。箕之助は頷《うなず》いた。

「はーい、すぐに」

「ほんとに、いいんですか」

舞の大きな返事に、セイの小さな声が重なった。

二人の足音に、部屋の中は沈黙している。その視線が、舞につづいて入ってきたセイに集中した。

「まあまあ、おセイちゃん。いま日向さまからあなたの話を聞いていたんですよ」

火の点《とも》った油皿を隅に置きながら言った志江の言葉が、とまどったセイの表情をなごませた。

「そういうことだ。気になってなあ」

言いながら座れと手のひらで卓袱台の前を指し示す寅治郎に、セイは控えめに腰を下ろした。

「ほんとうにおセイちゃん、日向の旦那になにか相談したいことでもあるの？　旦那はそうおっしゃっているんだけど」

舞も座りながら差し向けた言葉に、セイはコクリと頷き、なおも遠慮気味に座を見まわした。

「知らぬわけではあるまい。この大和屋は左右善どのと昵懇《じっこん》だ。俺とは深いつき合いがあってのう。遠慮はいらんぞ」

寅治郎はセイに言う。実際に深いつき合いがあった。おもてへは出ない事件に箕之助が足を踏み入れ、やむなく寅治郎が手を貸し、蓬萊屋の仁兵衛をも巻きこみ、秘かに奔走して収めたことはもう何度になろうか。

「はい」

セイは頷きを見せた。もちろんセイが知っているのは、箕之助がかつて蓬萊屋にいて、その後この芝三丁目に暖簾を掲げたことくらいだが、

「恐いんです、最近」

思い切ったように視線を箕之助にも向け、寅治郎のところでとめた。

「ふむ」

寅治郎は応じ、

「話してみい。おまえ自身のことかの。それとも左右善どのの身に関わることかな」

しっかりしていても十五、六の娘である。優しい口調をつくった。

「それが、分からないのです。ただ、なにやら起こりそうで……」

「なにやらって、どんなふうに？」

言葉をつまらせたセイに、志江が誘いかけるように口を入れた。外からの明るさはかなり薄れ、部屋の中では灯芯一本の灯《あか》りが畳に人の影をつくりはじめている。

「四日前のことなんです。きょう田町八丁目の舞さんのお店に寄ったのと、おなじような時刻でした」

セイは話しはじめた。

「じゃあ、そろそろ夕方になりかけたころね。そのとき、どうしたの」

舞が口を入れかけたのを箕之助が手で制し、

「さあ、おセイちゃん」

さきをうながした。セイは頷き、

「その日は先生が一人で病家へ往診に出られ、あたし一人だったのです」

古くなって破れた傘を張り替えてもらおうと張り芳に出かけ、すこし話しこんでから帰ってきたときだった。玄関の戸がわずかに開いていたので、

(あら、いけない。先生がお戻りになっている)

セイは思い、

『張り芳に古い傘を持って行っておりました』

声をかけながら引き開けた。東海道の札ノ辻で分岐した往還をさらに脇道にそれた、人通りのほとんどない一角である。そこに大和屋とおなじくらいの一軒家を借り〝医道　左右善〟の小さな木札を掲げている。苗字もなければ、町医者なら多くがそうであるように

本道《ほんどう》（内科）と金瘡《きんそう》（外科）の別もない。胃ノ腑の痛みも診れば火傷や骨折も診る。それにこの療治処は留守でも戸締りなどしない。

『なあに。泥棒が入っても相撲でもとっていく以外とるものなどない』

左右善が言っているように、セイもそこに心配はしていない。留守中に患者が勝手に上がりこみ、お茶を沸かしながら左右善とセイの帰りを待っていることもある。

セイは敷居をまたぎ三和土から上がり框《かまち》の板間に上がった。部屋に入ろうとすると、薄暗い部屋から人影が出てきた。左右善でもなければ患者のようでもない。大小を腰に帯びた、寅治郎を薄汚くしたような浪人姿であった。セイは息を呑み、

『あ、あなたは』

その者を凝視しながら一歩引いた。浪人者はセイをジロリと睨み、

『騒ぐと殺す』

低い声で言ったという。

セイの身はすくんだ。

「金縛りにでもかかったような、一瞬斬られたか、とも……」

セイは言い、思い出したのかブルッと身を震わせた。寅治郎は緊張を覚えた。相手が小娘とはいえ、そこまで感じさせるとは、殺気以外のなにものでもない。しかも、かなりの

使い手……寅治郎には判《わか》る。

その浪人者は立ちすくむセイを目で威圧し、悠然と上がり框から三和土に降り、外へ出て行ったという。そのときセイは、はじめて浪人者が土足のまま上がっていたことに気がついた。いっそう恐怖が募《つの》り、身を硬直させたまましばらく動けなかったという。ようやく気をとりなおし、あとを追って外へ駈け出し表通りの往還まで走ったときには、もう浪人者の姿はなかった。

すぐにとって返し部屋の中を調べたが、荒らされたようすもなければ盗られた物もなかった。

不安のなかに時を過ごし、左右善の帰りを待ち玄関に音がするなり走り出て、

『先生！　さっき』

話すと、左右善はすこし考えこむ仕草を示し、

『気にするな。捨ておけ』

と、

「言っただけで、あとはあたしがなにを言っても、とりあっていただけないのです」

セイはやっと話し終えたといったように大きく息を吸った。油皿の炎が揺れた。

「その後はどうか。左右善どのに変わったようすは？」

影の揺れるなかに寅治郎は訊いた。

「気のせいかもしれませぬが、ときおり考えこんでおられるような……。それに、きのうも見かけたのです」

「その浪人者を……か」

相手が浪人者なら、寅治郎にとっては同業といえるかもしれない。

「いえ、そのときは二人でした。一人は町者で、いやな感じの遊び人風でした。先生と一緒に病家をまわっていたのですが、あたしたちの後を尾《つ》けているような。途中の一軒にけっこう時間をつかい、出てきたときにはもういませんでした。でも、あれはどう見てもあたしたちをつけ狙っていたような」

「偶然で、気のせいじゃないの。左右善先生には話した？」

志江が口を入れたのへセイは応じた。

「話しました。やっぱり、構うな……とだけしか」

「うーむ」

寅治郎が低い声を出したのへ、志江はつないだ。視線を寅治郎に向けている。

「さっき日向の旦那がおっしゃったことですが、あたしにも思えるのです。左右善先生はやはり、以前はお武家だったのではないかと……」

「えっ。あたしにはそのようなこと、なにも」

セイは返した。志江は以前、高禄の旗本屋敷の腰元だったのだ。相手が身形《みなり》を変えていても、元武士かどうかはおのずと見分けはつく。

「さすがは志江どののだのう」

寅治郎が返したときだった。

「御免下さいまし」

また玄関に声が立った。

「あの声は、左右善先生」

箕之助が腰を上げようとすると舞が、

「あたしが」

壁に掛けてあった手燭《てしょく》に油皿の火をつなぐと、

「あら、こんな時刻。あたし、先生に心配かけてしまって」

と、セイも慌てたように腰を上げた。

玄関の腰高障子戸は閉めても板戸まではまだ嵌《は》めこんでいない。左右善の持った提燈の明かりが玄関口を照らし、中から舞の手燭の炎がそこに加わった。

「おぉ、やっぱりここじゃったか」

安心を乗せた左右善の声が居間にも聞こえた。すかさず志江が立ち、すこしの押し問答のすえ左右善を上がり框に上げ居間にいざなった。もちろん志江の意志でもあり、同時にそれは寅治郎や箕之助の思いでもあった。箕之助にとっては、もう足を踏み入れてしまった……その思いである。左右善をこのまま玄関口だけで帰すわけにはいかない。部屋で待つ二人は胸中に威儀《いぎ》を正した。

「いやあ、ここに上げさせてもらうのは初めてじゃのう。セイが陽の落ちかけたころにいきなり芝三丁目の大和屋さんに行くなどと言いだしましてなあ。物騒な噂もながれておりますもので、ついのぞきに来ましたのじゃ」

左右善は一同に迎えられ、恐縮したように卓袱台の前に腰を下ろした。セイは左右善から受け取って吹き消した提燈を手に、勝手に相談に来たことへのうしろめたさからか、いくぶん戸惑いを見せている。

左右善の言う〝物騒な噂〟がひと月ほど前の辻斬りを指していることは明らかだが、そのほかにも言外に心配事の秘められていることを、この場の面々はすでに察知している。

「左右善どの」

押し殺すような声で視線を向けた寅治郎に、左右善もいままでこの場で何が話されていたかを悟った。

「先生、あたし」

「分かっておる。気にするな」

セイが言おうとしたのを左右善は柔らかい口調で制した。

「話していただけましょうかのう。おセイも心配して、ここに来たものゆえ」

寅治郎は言った。灯芯一本の明かりのなかで、左右善に視線を釘付けている。故意に武家言葉を使い、

「医者になる前は、いずれの大名家にお仕えでござった？　それとこたびの得体の知れぬ浪人者の徘徊《はいかい》は、つながっておるのでござろうかのう」

左右善にとって、突然いずれの大名家などと浴びせられるのは、不意打ちをくらったような思いである。あくまでも身は、医者に徹していたのだ。

「そ、それは」

つい口ごもってしまった。その狼狽《ろうばい》は、寅治郎の言を肯是《こうぜ》したことになる。寅治郎はさらにかぶせた。

「お互い、辛いものでござる。禄《ろく》を離れたとて、以前をきっぱり脱ぎ捨てられぬのが武士でござる故《ゆえ》のう。さきごろの、赤穂浅野家の浪人衆のように、世間の目もあろうし、まっこと辛きものよ」

その言葉にも、左右善はハッとしなければならなかった。志江の運んできた湯呑みをゆっくりと手に取り、口にあてた。

「セイが話したのなら、仕方ありますまい」

「先生！」

「いや、いいのだ。いずれ分かることゆえ、かえってよかったやもしれぬ」

言いながら左右善は湯呑みを卓袱台に戻し、

「人それぞれに秘めたることの一つや二つはあるもの。他言無用なるは守ってもらえましょうかのう」

一同に視線をながし、寅治郎のところでとめた。

（おぬしも……で、ござらぬかな）

その目は言っている。寅治郎は頷いた。これまでにない親近感を、寅治郎に感じたようだ。左右善は覚悟を決めたように話しはじめた。

「それがしは、坂東《ばんどう》をすこし北へ離れた小さな藩に禄を食《は》んでおりましてな。もう三十年も前のことでござる。たかだか十五石扶持米《ふちまい》取りの小身じゃったが、殿の馬廻り役で、剣術は相応に積みもうしておった。それしかすることがなかったゆえのう」

重みのある口調だった。セイは身近にいながら初めて聞く内容に、緊張の色を深めた。

「ふむ」

寅治郎は返した。分かるのである。百石でも〝一家六人泣き暮らし〟などといわれている武士の生活で、十五石では独り身でも日々の胃袋にこと欠き、非番には内職に精を出し、いかに元禄《げんろく》の世とはいえ遊芸など考えられもしない。無骨な剣術以外にすることはないのである。

「宿直《とのい》の日でござった。城中にて明け方に近いころ、奥の御膳番の者がふらりと部屋に来てわれら軽輩者の生活を愚弄《たつき》し、それが馬廻りの仕事にまで及んでのう」

寅治郎はしきりに頷きを入れている。馬廻りとは戦時の戦闘要員で、一端緩急《かんきゅう》あれば主君の馬前に走り刀槍を振るう役職である。まさしく武士といえようが、いくさがなければ無用の長物で、することといえばせいぜいお城の警備くらいである。

「考えてみればくだらぬことじゃった。その者も、毎日奥向きの膳に腐心しながら、自身の腹を満たすのは粗末なもの。せめて平時には穀潰《ごくつぶ》しのわれらをからかい、日ごろの鬱憤《うっぷん》を晴らそうとしたのであろう。お互い身状《みじょう》に積るものがござれば、つい口論になりもうしての。思わず刀を抜いてしまいましたのじゃ。そのとき、日ごろ積んだ技《わざ》が災《わざわ》いしたというか、初太刀《しょだち》で相手の息の根をとめてしまいもうした」

セイは表情に驚愕《きょうがく》の色を見せ、寅治郎は身につまされるものがあるのか、凝《じ》っと聞き入っている。

「……それで」

さきをうながす箕之助の低い声が、ほのかな明かりに沈む間合いを埋めた。左右善はふたたび、

「相手が単純なれば、斬ったそれがしはなお単純でござった」

述懐するように語りはじめる。

「即座に城を逃げ出しましてな、つまり出奔《しゅっぽん》でござるよ。それがしが殺害《せちがい》した御仁には、そのとき十五歳になる子息がおってのう。そうよのう、いまのセイとおなじ年ごろじゃ。それがしもよく顔を見知っておってのう。御膳番を勤める家柄なら剣術はいらぬと、稽古はしておらなんだ。それがにわかに藩の道場に住みこんだとの噂を風の便りに聞きもうした。むろん、それがしを討つためでござる」

外から入った風が、また油皿の炎を揺らした。昼間の蒸し暑さは、すでに風がいずれかに運び去っている。部屋の中には、灯芯の燃える音までが聞こえ、湯呑みに口をつける者もいない。

「上方《かみがた》に逃げましてな。そこで馬廻りのころより薬草に若干のたしなみがあったのをさいわい南蛮医の門下に入り、生活《たつき》の安泰《あんたい》を得ておりました。じゃが、腕を磨き仇討ちの旅に

出たという子息のことを思えば……心に安穏《あんのん》はありませぬ」

医道に入ってからの話になると、自然であろうか、さきほどらいの武家言葉は消えた。

「相手の苦労を思い、江戸に出て来ましたのじゃ。もう十年になりまする。それが数日前、セイから浪人者の話を聞き、ようやく見つけてくれたかと思いましてな」

左右善は大きく息をつき、悠然と湯呑みを口に運んだ。周囲はまだ息を呑んだままである。敵持《かたきも》ちがそれをみずから吐露《とろ》するなど、尋常では考えられない。だが、左右善は話した。命を狙う者が身近に現れたとなれば、早晩噂になることは必定かもしれぬ。しかも千代田の殿中で赤穂藩五万三千石の大名浅野内匠頭《あさのたくみのかみ》が、高家筆頭の吉良上野介《きらこうずけのすけ》に斬りつけ、即日切腹を命じられ、お家断絶となってからまだ半年と経ていない。世相には遺臣らの仇討ちが熱っぽく取りざたされているのだ。そこに三十年来の仇討ちが成就したとなれば、巷間《こうかん》は沸き上がるであろう。それにしても左右善は、落ち着きすぎている。ふたたび沈黙に覆われた淡い明かりのなかに左右善は、

「さ、おセイ。お暇《いとま》しようか」

腰を浮かせ、

「そうそう。ひと月ほど前の辻斬りだが、役人に頼まれ金杉橋の自身番で検死をしたのはそれがしでござってのう。左手首を斬り上げられ、返す刀で右肩を斬り下げられたのが致

命傷になったようだ」

　また武家言葉に戻り、つけたすようにつづけた。

「向かい合うなり不意打ちのごとく逆袈裟《ぎゃくげさ》に対手《あいて》の左手首を切断し、降ろす二の太刀で右肩を斬り裂き息の根をとめる。それがしが出奔した藩に伝わる秘伝の流儀でのう。金杉橋の辻斬りはまさしく判で押したごとく、その斬り口でござった。刀を持たぬ町人相手に、かの流派を使うとは……許せぬ」

　言うと腰を上げた。重い口調であった。セイは廊下に出る左右善に、脳裡が混乱しているのか操《あやつ》られた夢遊病者のように従った。

「あ、提燈に火を」

　慌てて志江が腰を上げ、舞もそれにつづいた。部屋の中では、まだ寅治郎と箕之助が黙したまま、顔を見合わせている。寅治郎が相手の話に圧倒され、言葉を失うなどこれまでなかったことである。

　志江と舞が部屋に戻ってきた。表情はまだ緊張を刷《は》いたままである。

　入れ替わるようにであった。いましがた左右善とセイを見送ったばかりの玄関に荒々しい音が立った。

「さっき提燈が一つここから出て行ったが、ありゃあ田町の左右善先生じゃねえのかい。

箕之助旦那か志江さん、どっちかが病気で!?」

大きな声で言いながら勝手に上がり暗い廊下を手探りで急ぎ、部屋に入ってきたのは舞の兄の留吉であった。仕事を終えて長屋に帰り、湯屋に行ってからもまだ舞も寅治郎も帰っていなければ、「またここで油売ってるのかよ。なにかいい話でもあったのかい」と大和屋に顔を出すのはいつものことである。だが部屋に入り、病人がいるようすもなく緊張した雰囲気のみがただよっているのに、

「え？　どうしなすったね」

留吉は怪訝な顔で卓袱台の一同を見まわした。

話さざるを得ない。留吉もいつもの仲間なのだ。

大和屋の居間に、油皿の明かりはしばらく消えなかった。

「へーえ、そんなことが」

留吉は驚き、

「ですがね、辻斬りって、ひと月前の金杉橋だけじゃありやせんぜ。一年以上も前から、増上寺門前の花街で遊んだ客が帰りに数人斬られてまさあ。それであの界隈じゃ、毎夜若い衆が夜まわりに出張《でば》ってるって」

息を呑みながら言った。

留吉はいま、増上寺門前に近い普請場に出ている。当然、斬り口に関する噂も耳にしていた。辻斬りは、いずれもおなじ斬り口だったらしいという。座の一同は、あらためて顔を見合わせた。

三

翌朝、箕之助が志江に見送られ大和屋の玄関を出たのは、まだ夏の太陽が昇る前であった。志江は敷居をまたいだ箕之助に言った。

「また、踏み入ってしまいましたね」

箕之助は無言で頷いていた。

街道にはすでに人が出ている。まだチラホラだが、箕之助は急いだ。行く先は、赤羽橋の蓬萊屋である。

赤羽橋の見えてきたころにようやく陽が昇り、朝のさわやかさが急速におとろえ、蒸し暑さにあたりが覆われはじめたのを皮膚が感じる。箕之助はふところから手拭を出し、にじみはじめた汗をぬぐいながら橋を渡った。

蓬萊屋では、手代の嘉吉《かきち》が暖簾を手に店から出てきたところだった。箕之助が声をかけ

るよりも早く、

「あ、番頭。いや、箕之助旦那」

嘉吉のほうが先に気づき、暖簾を掛けようとした手をとめた。嘉吉は箕之助が蓬萊屋の番頭だったころはまだ丁稚《でっち》で、あるじの仁兵衛がわざわざ箕之助の手足にとつけ、献残屋としての薫陶《くんとう》も箕之助に任せていた奉公人である。だからいまだ不意の場合には、つい昔の呼び方が出てしまう。

「きょうはまたなんです？　こんなに早く」

笑顔で迎えたものの、すぐにそれは消えた。きのう、張り芳に納めるという金海鼠《いりこ》と雲丹《うに》を取りに来たばかりなのだ。

「うん、ちょいと」

箕之助は言っただけだったが、その表情が商いの用事ではないのを示していることに気づいたのだ。嘉吉が箕之助の手足となっていたのは、商いのことばかりではなかった。仁兵衛が常に戒《いまし》める得意先の奥向きについ踏み入ってしまったとき、その処理への奔走にも手足となっていたのだ。その関係は、いまもつづいている。

「はい。すぐに」

嘉吉は暖簾を掛けるなり奥へ駈けこんだ。箕之助は無言でつづいた。

仁兵衛がいつもいる居間は中庭に面している。庭は小さいがそのさきは増上寺の裏手で樹林が広がり、朝夕には寺僧たちの勤行《ごんぎょう》の響きが伝わってくる。仁兵衛のお気に入りの部屋で、いまも増上寺からの読経が中庭にながれている。仁兵衛はそれを耳にゆっくりと朝の茶を味わっていた。心の洗われるひとときなのだ。だが、嘉吉が箕之助の来訪を告げにきたときから、尋常な用件ではないことを感じ取っていた。

「どうしたかな」

仁兵衛は湯呑みを盆に戻し、聞く姿勢をとった。箕之助は部屋に座すなり上体を前にかたむけ、

「旦那さま！　いますぐ、病気になってくださいまし」

「ん？」

唐突な頼みに仁兵衛は箕之助を見つめ、小さな奥まった双眸《め》をまばたきさせた。仁兵衛が奉公人たちへ、得意先の奥向きに関わってはならぬことを常に諭《さと》しているのは、

(関わったときには、その処理を誤るな)

そういう言外の意味を含んでいる。それを最も忠実に守っているのが、いまも以前も変わりなく箕之助なのだ。

(きのうの金海鼠と雲丹の納入先がなにか)

仁兵衛は一瞬思い、

「どういうことかな」

箕之助の言葉を待つようにゆっくりと湯呑みを口に運んだ。

「いまからすぐ左右善先生をここへお呼びし、引きとめておいてもらいたいのです」

箕之助は追うようにつづけた。

「左右善先生？　引きとめる？」

仁兵衛は湯呑みを盆に置いた。踏み入れた先は張り芳ではなかった。箕之助は話しだした。仁兵衛はいかなる話にも表情を変えることはないが、このときもそうだったものの頷きを入れる回数がいつもより多く、話す箕之助を小さな双眸で凝《じ》っと見つめたままだった。聞き終わり、ぽつりと言った。

「左右善先生……刺し違える気だな」

「日向さまも、そのように診立てられました。浪人者への予測が間違っていなければ、わたしも、おそらく」

「なるほど。それで、そうはさせまい……と日向さまもおまえも」

仁兵衛の飲みこみは早かった。

手代の嘉吉が箕之助と一緒に蓬莱屋を出たのは、そのあとすぐのことだった。二人の足は赤羽橋を渡り、往還を札ノ辻のほうへ向かった。太陽はもうすっかり昇り、往来には朝の一仕事を終え空の籠《かご》や天秤棒を持った豆腐屋や納豆屋のほかに、早くも荷馬や大八車も出ている。

三田二丁目のあたりで、

「それでは、わたしはあとで芝三丁目に参りますから」

と、嘉吉は枝道にそれた。あるじの仁兵衛が急病でと口実をもうけ、左右善を呼びに行ったのだ。急病と言えば左右善はなにがなんでもすぐに腰を上げるだろう。そのような左右善の生き方を、箕之助たちは逆手に取ろうとしているのである。その第一幕の幕開けを嘉吉に任せ、箕之助はそのまま往還を札ノ辻のほうへ進んだ。街道に出て田町四丁目の張り芳に寄る算段なのだ。傘問屋なら傘張りの内職を何人も抱えており、そこにはかつて寅治郎がそうであったように浪人もいる。それに臨時に大量の仕事を出す場合もあり、口入れ屋に頼まなくても自前で人が集められるように、日ごろから近辺の浪人や日傭取《ひようとり》の動向には詳しいのだ。

そこからたぐっていけば、件《くだん》の怪しげな浪人者に行き当たるかもしれない。来るのを待つのではなく、こちらから仕掛けようというのである。それが昨夜、灯芯一本の部屋で話し合った内容である。

以前を人に知られず、そのまま左右善が三田に町医者として住みつづけられるようにするには、ようすを窺《うかが》っている浪人者に名乗りを上げさせるわけにはいかないのである。しかし、具体的にどう決着をつけるかまでは、まだ策を立てることはできなかった。ともかく相手の所在をつかむことが先決なのだ。それまでの左右善の安全を、箕之助は蓬萊屋の仁兵衛に依頼したのである。

「――分かった。世のためだ」

仁兵衛は話を聞き、言ったものである。それでふたたび、嘉吉を箕之助につけたのだ。互いに連絡を密にし、徐々に具体的な策へ持ちこむためである。

街道はすでに町衆や旅装束の往来するなかに辻駕籠まで走っていた。舞はとっくに田町八丁目の茶屋に入り、近辺の店に、日向の旦那はここ数日所用があって出て来られないと告げているはずである。

「――あたしの役目、それだけ？」

昨夜、舞はうりざね顔に形のよい鼻をふくらませ、不満そうに言っていた。寅治郎は箕之助のあとから蓬萊屋へ行くことになっている。さきほどそれを持ちかけられた仁兵衛も、

「――ほう。あの旦那がついてくださるのなら心強い」

小さな目をさらに細めた。寅治郎の腕の冴えは、仁兵衛もすでに何度か目の当たりにしているのだ。

（きょうあすにも正念場を迎えねばならぬ）

思いを引き締めながら、箕之助は街道に歩を進めた。

あるじの芳五郎はもう帳場に出ていた。裏手の仕事場でも傘職人たちがすでに竹を削っていることであろう。

芳五郎は帳場格子の奥から箕之助の来たのを見ると相好をくずした。金海鼠《いりこ》と雲丹《うに》を左右善が喜んでくれたのであろう。箕之助は往来がてらに立ち寄った風をつくり、

「日向さまがちょいと目にとめ、気になさいましてねえ」

と、世間話のように切り出すと、なんとその胡散臭い浪人者と遊び人と思える男二人は、街道から田町三丁目の脇道を入った裏店《うらだな》に住んでいたのだ。すぐ近くである。店の板敷きに腰を下ろして帳場格子の奥の芳五郎と話していると、

「あ、それならあの二人に違いありませんよ」

と、店に出ていた番頭が話に加わってきた。

その二人が田町三丁目の裏店に越してきたのはひと月ほど前のことらしい。さっそく張

り芳の番頭は傘張り内職の備えになるかと注意をそそぎ、その生活ぶりをうかがった。二人はいつも午《ひる》をかなりまわった時分、

「そうそう、毎日七ツ（およそ午後四時）の鐘が鳴るころらしいです」

近くの湯屋へ行き、それから街道を金杉橋のほうへふらりと出かけ、帰りはいつも朝方だという。七ツ時分にひと風呂浴びるのは奇異なことではない。どの町でも湯屋は日の出とともに営業している。職人などは烏《からす》カアで湯に飛びこみ、仕事を終えた夕にまたひと汗ながすのが日常である。だから湯屋が混むのは朝夕二回で、比較的空いている七ツ時分には、粋筋《いきすじ》の姐さんやその筋の兄さんたちがけっこう出入りしている。

いま張り芳の番頭が「そうそう、それなら」と舌頭《ぜっとう》に乗せた浪人者は、増上寺門前の花街で賭場《とば》の用心棒をし、遊び人風の男は客引きをしているらしいのだ。

調べたのは番頭ではない。二人を長屋に入れてから心配になった大家が、わざわざ増上寺門前まであとを尾《つ》けて聞き込んだのだ。長屋の田町界隈では悪戯《わるさ》などしないものの、おなじ裏店をはじめ近辺の住人たちは気味悪がり、大家は二人に部屋をあけてくれと交渉し、その者らは、

「——近いうちに出て行ってやるから、そう毛嫌いするな」

などと言っているらしい。

「もちろん、声などかけませんでしたよ」

張り芳の番頭は言う。

どうやら二人は、左右善を狙うために田町三丁目の裏店に越してきたようだ。それにしても、

(仇討ちなら、なぜ堂々と名乗りを上げないのだ)

聞きながら箕之助はその二人の行動に疑問を持ったが、

「そんなんじゃ傘の仕事など、無理でございましょうねえ。いやあ、ちょいと気になりましてね」

言いながら腰を上げた。

芳五郎はそれを追うように、

「番頭から話を聞いたときにはわたしも気になりまて、あそこの大家さんに頼まれたわけでもないのですが、もし揉めるようなら日向さまにちょいとご足労願おうかなどと思いましてねえ」

真顔で言った。

箕之助は街道に出ると、その足で張り芳の番頭に聞いた裏店に足を運んだ。寅治郎や留吉たちが住んでいるところと似て、狭い袋小路になった路地の長屋だった。腰高障子は閉

じてあり、まだ寝ているのだろうか。箕之助は路地から出てきた長屋の住人らしい、手拭を姉さん被りにしたおかみさん風の中年女に声をかけた。

「あゝ、あいつらかね。まだ寝てるんじゃないの。なにをやってんだか、夕方近くに湯なんかに行って、あとは朝帰りさ」

姉さん被りは露骨に嫌な顔を見せた。さらに人相風体を訊くと、浪人者はかつての十五歳に三十年を重ねたかそれ以上に見え、遊び人風は二十歳《はたち》をとっくに過ぎている感じらしく、セイが言うのと一致している。

「あの奇妙な二人、大家さんには出る出るって言ってるらしいけど、いつ出て行ってくれるんだろうねえ。まさかあんた、あいつらのお仲間？　そんなには見えないけど。ああ、ともかく早く出て行ってほしいよ」

姉さん被りのおかみさんは不機嫌なまま箕之助をジロリと睨み、その目を自分の出てきた路地にも向けた。住んでいる近辺で悪戯をしなくても、住人は臭いで人を嗅ぎ分けるものだ。

「いいえ。わたしはただ、妙なやつらだと思っただけでして」

箕之助は這《ほ》う這《ほ》うの態《てい》でその場を離れ、

(長屋を出るというのが、左右善先生を討ったときか)

思いながら周囲を歩いた。

（早く決着をつけねば）

急《せ》く気持ちが強まってくる。乗りかかった船どころか、もう乗ってしまっているのである。浪人者が正面から名乗りを上げたなら、赤穂浪人の動向に世間の関心が集まっているときである。巷間《こうかん》は沸き立ち、日向寅治郎が助太刀《すけだち》で返り討ちなどにしようものなら一斉に非難を浴び、左右善の以前は隠しようがなくなって三田はおろか江戸のどこにも住めなくなるだろう。

湯屋は裏店のすぐ近くにあった。箕之助はひらめいた。

（よし、これでおびき出してやる。今夜だ）

人知れず頷き、蒸し暑さの増したなかを芝三丁目のわが家に急いだ。


「くそーっ。もうこんなに暑くなりやがったか」

いましがた箕之助が離れた路地裏の部屋で、浪人者と遊び人風はようやく起きだしていた。風がなければ夏場の長屋などは蒸し風呂状態になる。

「昼めしに行くとき、奥の井戸端で水でもかぶるか」

遊び人風に、浪人者は返した。起きてはいても、まだ湿った薄い蒲団の上でゴロリと横になったままである。男二人の汗の臭いが部屋に充満している。

「ともかく旦那、早くやっちまってくださいよ。あっしは早く、増上寺でも護国寺門前の音羽《おとわ》でも、ああいったところに早く帰《けえ》りてえんでさあ」

「急くな。ここ二、三日で始末をつけてやる。それさえ終われば、おまえの言うとおり、手下をかき集めて盗賊団の首領にでも殺し請負《うけおい》の元締にでもなろうよ」

「へへ、そうこなくっちゃ。あと二、三日でごぜえやすよ。そのあとあっしは若頭《わかがしら》ってとこで。ねえ、おかしら。いまから旦那をそう呼ばせてもらいやすぜ」

「ふむ」

浪人者は肯是の頷きを返した。部屋の蒸し暑さは太陽の動きとともに増してくる。若い遊び人風はあと二、三日と聞き、述懐するように言葉をつづけた。

「それにしても、旦那と知り合ってから一年あまりになりやすが、旦那ときた日にゃ十年も前《めえ》から刀一本、独《ひと》り押込《おしこ》みをやってたとは驚きでしたぜ」

遊び人風は寝ころがったまま畏敬の目を浪人者に向けている。

「ほんとうに、間違《まちげ》えねえんでしょうねえ」

「なにがだ」

「なにがって、旦那は仇討ちでがしょ。そのあと殿さんの前に出て、めでたく帰参なんて考えてるんじゃねえでしょうなあ」

「フフフ、〝鹿走《しかばし》りの弥太《やた》〟よ」

と、浪人者は若い遊び人風をそう呼んだ。

「あれからもう三十年だぞ。藩じゃ微禄の俺のことなど、とっくに忘れていようよ。その間に俺のほうは、押込みもやりゃあ辻斬りもやっておる。いまさら貧乏武士に戻れるか。だから名乗りも上げず、秘かに殺《や》る算段をしているのじゃないか。おまえも二つ名を取っている男なら、それくらい言わずとも分かろうってもんじゃないのか」

「へへへ、こいつは恐れ入りやした。そうこなくっちゃならねえ。だからあっしはこうして旦那につき合い、助《すけ》させていただいてるんでさあ。だがいまいち分からねえ。藩への帰参を望まねえんでしたら、あんな老いぼれ医者、うっちゃっておきゃいいんじゃねえのですかい」

「いや」

浪人者は明瞭に応じ、

「一文の銭《ぜに》にもならんが、ケジメをつけるためよ。あやつめ、この江戸でたまたま俺の目にとまったばかりに、俺にとっても迷惑な話さ。とまった以上、殺《や》らねばならん。それだけさ。世間はあの老いぼれを、辻斬りか物盗りにでも遭ってつまらぬ一生を閉じた貧乏医者としか見ないだろうよ。いい気味ではないか」

「へーえ、そういうもんですかねえ。ともかく、あっしは助させていただきやすぜ。さあて、そろそろ起きてあの老いぼれの足跡を追ってきますかい。旦那が人知れずケジメをおつけになる場を探るためにね」

鹿走りの弥太とやらは、ようやく薄っぺらの蒲団から身を起こした。


箕之助の足は芝三丁目に入った。

「おーい、いま帰った。赤羽橋の嘉吉は来ているか」

敷居をまたぐとすぐ三和土から奥に声を投げた。

まだ来ていなかった。左右善を案内して蓬莱屋に戻り、取って返すように赤羽橋をまた渡り、いま大和屋に向かっているところである。

浪人者と、鹿走りの弥太などと二つ名を取っている遊び人が、この時分に三田二丁目界隈をぶらついても、左右善の姿はすでになく、両名はすごすごと田町三丁目の裏店に戻り、湯屋に行くというういつもの七ツ時の鐘を待つことになるだろう。

四

おなじころである。

「仁兵衛どの、これはいったい！」

手代の嘉吉に急かされセイをつれ蓬萊屋に走ると、急病と聞かされた仁兵衛が中庭に面した奥の部屋で、昨夜秘密を明かした日向寅治郎と一緒ににこやかに迎えたものだから、左右善は思わずその場に立ち尽くした。これにはセイも、

「エッ？」

と、目を丸くした。朝早くから寅治郎は、田町の茶屋ではなく赤羽橋の蓬萊屋に足を運んでいたのだ。

「左右善どの。こういうことになったのでござるよ」

「そのとおり。左右善先生にはこれからも末永く三田二丁目にいてもらわないと、儂《わし》などこの歳で安心して病気もできませんでのう。その予防と思ってくだされ」

寅治郎が言ったのを仁兵衛が引き取り、手で左右善とセイに座るよう示した。座布団もすでに用意されている。

左右善は察した。昨夜の話が早くも大和屋から蓬萊屋に伝えられ、それらの面々がなにやら一計を案じた……。あるいは、案じようとしている……。

そのような左右善の顔色を仁兵衛は奥まった小さな双眸で感じ取り、

「そのとおりです」

肯是《こうぜ》し、話しはじめた。

「任せてもらえませぬかな。なぜとお思いでしょうが、世のため人のためなどと言えば綺麗事すぎますかな。ともかくカタがつくまで、ここで日向さまと一緒に時を過ごし、御身《おみ》を守っていただきたいのですじゃ。そうしていただきますぞ、左右善先生」

表情も言葉遣いも穏やかであったが、断定的に言うそこには、献残屋なればこそ人知れず裏の道を数多く踏んできた重みがあった。かたわらで、寅治郎もまた涼しげな顔で頷きを見せている。

左右善にしてみれば、まったく唐突な申し出である。戸惑った。だが内心は、ありがたく頷きを返していた。正直なところ、左右善は路上でいきなり名乗りを上げられるのを最も恐れている。寅治郎も箕之助も、さらに仁兵衛も見抜いているように、対手《あいて》が辻斬りをするまでに落ちぶれているのなら、三十年前の己《おの》れの責任からも、さらに罪もなく路上でいきなり斬り殺された人のためにも、人知れずいずれかで向かい合い、刺し違えてそれですべてを終わりにしたいと願っているのだ。

左右善は、なにをどう返事をしてよいのやら、頭の中がまだ混乱している。そのような左右善に仁兵衛はかぶせた。

「これは、先生お一人のためではないことを、肝に銘じておいてくだされ。儂はちょいと失礼して出かけるところがありましてな」

柔らかいなかにも有無を言わせぬ威厳を湛《たた》えた声だった。腰を上げ、

「では日向さま。お願いしましたぞ」

「あっ」

左右善は小さな声を上げたが、もうそこに仁兵衛の姿はなかった。ただ、座す以外にない。知らず瞑想の姿勢に入った。だがその脳裡は、となりの増上寺の僧たちが目指すような、無我の心境ではない。来《こ》し方《かた》がめまぐるしく去来していた。

「さあ、きょうは一日ここでのんびりできますぞ。それがしもちょいと失礼する」

寅治郎は故意におどけた口調をつくり、ごろりと横になった。セイは蒼《あお》ざめている。きのう、田町八丁目の茶屋で寅治郎になにやら相談したい素振りを見せたのがすべてのきっかけとなっている。しっかりしているとはいえ、まだ十五、六の娘である。ただ蒼ざめる以外にない。じっとしているのが、かえって恐ろしく思えてくる。茶を運んできた賄《まかな》いの

中年女中に、

「あのう、あたしにもなにかお仕事、手伝わせていただけませんか」

恐る恐る声をかけた。女中はニコリとほほえみ、応じていた。

嘉吉がすぐに芝三丁目の大和屋へ走り、箕之助から向後の策を聞かされている時分である。蓬莱屋の前から仁兵衛を乗せた辻駕籠は、増上寺の裏手の往還を抜け、東海道に出るとさらに北へと走っていた。日本橋の方向である。

「八丁堀まで、酒手ははずみますからね」

仁兵衛は駕籠舁きを急かせていた。

箕之助の持ちこんだ話に仁兵衛がこうして腰を上げるのは、もう何度目になろうか。大振りの献残屋なら、八丁堀の与力や同心たちからながれてくる品もけっこう扱っている。もちろん日本橋界隈にも仁兵衛の同業が何軒か暖簾を出している。だが与力や同心にすれば、貰い物をすぐ近くの献残屋に持ちこむのはどうも具合が悪く、気も引ける。そこでかなり離れた蓬莱屋の番頭がころあいを見ては御用聞きにまわっているのだ。大口の出そうな上席の役人には、仁兵衛が直接出向いている。そこでさまざまな市井《しせい》や武家地の情報交換もしているのだ。そうした意味からも、献残屋と奉行所の与力や同心たちは持ちつ持たれつの間柄になっている。なかでもとくに懇意にしている与力の屋敷に、いま仁兵衛を乗せた辻駕籠は走っているのだ。

いま話題といえば、金杉橋での辻斬りの一件になろうか。仁兵衛の突然の訪《おとな》いを受けた与力は喜び、期待するように奥の部屋に通した。金杉橋の一帯から増上寺門前にかけたあたりも、仁兵衛の蓬莱屋が商いの縄張《なわばり》にしていることを与力は承知しているのだ。有能な探索方というのは、世事に通じている相手に情報をながせば、それがまた新たな情報を得る手立てになることを心得ている。しかも寺社の門前という得体のしれない一円は、探索方が最も入りにくく、また翻弄《ほんろう》されるところでもある。お尋ね者がそうしたところにもぐりこめば、捕縛どころか足跡をたどることも困難となるのだ。

「ひと月ほど前の辻斬りですが、なんとも変わった斬り口だったらしいですなあ」

仁兵衛が切り出すと、

「ほう、さすがは献残屋。奉行所の者しか知らぬことをよく知っておるのう。どこから洩れた。まあそれはいい」

と、与力は待っていたように乗ってきた。

(この献残屋……なにかをつかんでいる)

感じたのであろう。与力の反応に、仁兵衛は期待を持った。

そこにながされたものは、予測した以上の内容だった。しかも与力の口調は、憤懣《ふんまん》を乗せたものになっていた。逆袈裟に左手首を斬り、返す刀を上段に右肩を裂く流儀である。

「十年も前からおなじ斬り口の押込みが発生しておってのう。それが独り働きで、しかも思い出したように年に一、二度しか押し入らぬゆえかえって探索が難しく、正体すらつかめぬ。分かったのは、その流儀が下野《しもつけ》の烏山《からすやま》藩三万石に伝わる秘伝の技《わざ》だということのみじゃ。むろん評定所《ひょうじょうしょ》を通じて烏山藩に問い合わせる一方、秘かに江戸屋敷を張ったりもしたが、怪しむべき藩士は一向に浮かび上がらぬ。しかもじゃ」

仁兵衛の窪《くぼ》んだ眼《まなこ》がときおり光るなかに、与力の押し殺した口調はつづいた。

「ここ一年ほどに辻斬りが五度も発生しておる。金杉橋のときもそうじゃったが、いずれも増上寺門前の花街から夜更けて帰る、ふところのご大層な商家のあるじばかりが襲われておる。まるで狙いを定め、待ち受けていたようにのう」

「ならば十年前からの押込みと、この一年来の辻斬りは同一人物ということで？」

「さよう。しかも辻斬りにいたっては、門前町の内部から手引きをする者がおるとしか思えぬのじゃ」

「ははあ。狙ったように襲うのであれば、そうなりましょうなあ」

仁兵衛が返したのへ与力は、

「のう。あの一帯で最近、みょうな品の動きはないかの。なんでもよい、同心をなかに入れる口実が欲しいのだ」

溜息まじりに言った。

「心得ておきまするよ。押込みといい辻斬りといい、まったく非道《ひど》いものでございます。許せない気持ちは、わたしら市井《しせい》の者もおなじでございますよ」

仁兵衛は腹から絞り出すような声で応じ、腰を上げた。与力は頷いていた。


揺れる駕籠の中では、頭はそう回転するものではない。だが、仁兵衛は前後の駕籠舁きのかけ声も聞こえぬほど思いをめぐらせていた。

遠く離れた小藩の、しかも三十年も前の脱藩者を江戸の町奉行所が割り出すなど、

(できぬことであろう。それが微禄の者ならなおさら……)

烏山藩とて、もうすっかり忘れているかもしれない。

(それでよいのだ、それで)

駕籠は街道の人混みと土ぼこりを抜け、ふたたび増上寺裏の往還に入った。緑が多く、涼気に心身がよみがえった思いがする。赤羽橋が見えてきた。辻駕籠が蓬莱屋の玄関先にとまり、番頭や丁稚が暖簾から飛び出てくるなか、

「うーん、揺られた」

と、仁兵衛が背筋を伸ばしたのは、七ツに近い時分となっていた。

左右善はまだ部屋に座したままであり、セイも庭の草引きや廊下の拭き掃除を手伝い、中庭に面した部屋に戻っていた。それに手代の嘉吉が、中庭で寅治郎となにやら話をしながら仁兵衛の帰りを待っていた。芝三丁目の大和屋から戻ってきていたのだ。その脳裡には、箕之助から聞かされた浪人者と遊び人風の男をおびき出す策が収められている。それを仁兵衛と寅治郎に伝えるため、蓬莱屋へ戻っていたのである。

七ツ時分が近づくと、嘉吉は仁兵衛の帰りが遅いのに焦りを感じはじめていた。箕之助の策の第一幕には、嘉吉も時刻を限定し大事な役割を担うことになっているのだ。店のほうにあるじの仁兵衛が帰ってきた気配を感じると、

「あ、お帰りだ」

声に出し中庭に面した部屋へ急いだ。

「左右善先生。やはり件《くだん》の浪人者、どうやら世のため人のためにも生きていてはならぬ輩《やから》でございましたよ」

仁兵衛は部屋に入るなり開口一番、嘉吉が廊下に膝を折るよりも早く言い、その口調はすでに意を決しているようであった。左右善は無言であった。仁兵衛は八丁堀の与力から

得た情報をそこに披露《ひろう》した。十年前からつづく押込みと、左右善が検死した赤羽橋での辻斬りまで、刀の斬り口がおなじである。左右善は転瞬、驚愕した表情をつくった。そこまでは知らず、想像もしていなかったようだ。すでに部屋へ戻っていた寅治郎も、

「なんと！　ならば、なおさら」

思わずかたわらに置いた大小に目を落としたものである。

左右善の表情は、驚愕を越し苦痛の色に変わっていた。

「旦那さま」

廊下から嘉吉が声を入れた。

「さよう、左右善どのにも聞いてもらわねばならぬことだ」

寅治郎がうながすようにつないだ。さきほど庭で嘉吉から聞かされた、箕之助の策である。セイもその場にいる。嘉吉は部屋の中に入り、背後の障子を閉めた。

嘉吉の話す内容に、部屋は緊張の度合を深めていった。

仁兵衛は聞き終わり、

「嘉吉や。さっきの儂の話もそうだが、いまの箕之助の案も一切他言は無用としなさい。もちろんこの店の者にも、妙には感じるでしょうが話してはなりません」

不気味にやわらいだ口調だった。仁兵衛の嘉吉に向けた視線は、

（箕之助もそうだが、おまえもいっぱしの献残屋らしくなったなあ）

言っているようであった。その眼差しのなかに嘉吉は、

「それなら、わたしはこれからすぐ番頭、いや、箕之助旦那のところへ戻らねばなりませんので」

言いながら腰を上げた。

「あ、待って」

部屋の隅に身を固くしていたセイが不意に声を出した。周囲はセイに視線を向けた。さきほどからの蒼ざめた顔に、赤みが帯びはじめている。

「大和屋の箕之助旦那も、嘉吉さんも、あの二人の顔を直接ご存じありません。あたしも一緒に行って……その……確かめたほうがいいのでは……と」

途切れ途切れの言いようだったが、左右善を守りたい気持ちが、そこに感じられた。

「あ、それは必要かもしれません」

嘉吉が応じたのへ、

「セイ、すまぬ。気をつけてな」

言った左右善の声は低く、掠《かす》れていた。それは、この場の全員が箕之助の立てた策の役者となることを承知した瞬間であった。

増上寺の樹林の風を絶えず受けている部屋から外に出ると、真夏の太陽がことさら暑く感じられる。嘉吉とセイは急いだ。にじむ汗を何度も拭き、大和屋の敷居に飛びこんだときには二人とも息せき切っていた。

「遅かったじゃないか」

と、箕之助も嘉吉を待ちかねていた。もう浪人者と鹿走りの弥太とやらがいつものように湯屋へ行く時分になっているのだ。といってもその遊び人風の若い町人が、鹿走りの弥太などといった名であることは、まだ箕之助たちの知るところではない。

セイも一緒に来たことに箕之助は、

「確実を期すためだ。必要かもしれん」

頷き、三人はすぐに大和屋を出た。足は田町三丁目に向かっている。全員が役者となった策が動き出したのである。

「あっ、あたしも」

志江が下駄をつっかけ追ってきた。献残屋に客はそう来るものではない。しばらくなら留守にしても支障はない。慌てて下駄の音を立てる志江を、箕之助も嘉吉も解した。路上で鹿走りの弥太たちを確認したとき、セイが恐怖から足を硬直させ、あるいは声を上げ、相手になにかを勘づかれ、警戒の念を持たれるのを防ぐためである。志江はセイに寄り添った。

街道に出た。目の前を荷馬が三頭ほど、列をつくって通り過ぎた。前方を辻駕籠が足元に土ぼこりを上げながら走っている。陽はまだ高く、道行く人々の足がせわしなくなるにはまだ間がある。歩きながら、嘉吉は箕之助にさきほどの仁兵衛の話をながした。往来人のなかを移動しながらであれば、かえって他人《ひと》に聞かれる心配はない。角帯を締めた箕之助と嘉吉の風体なら、誰が見てもお店者《たなもの》同士が仕事の話をしながら歩いているようにしか映らないだろう。

すぐ背後をセイと一緒に歩いている志江が、

「えっ、それじゃ辻斬りの犯人は押込みも」

小さな声を出したが、すぐ澄ました顔に戻り、聞き耳を立てながら歩を進めた。横を歩くセイが極度に緊張しているのを感じる。

「おセイちゃん」

志江は思わず声に出した。

「だからなんです。なおさらあの二人、許せないのです」

おセイは反射するように押し殺した声をその場にながした。

四人の足は街道から田町三丁目の枝道に入った。セイには志江がつき添い、箕之助と嘉吉が離れて浪人者と鹿走りの弥太が住まう裏店のあたりをそぞろ歩いた。それぞれ路地の入り口付近を数回通り過ぎたころだった。出てきた。つれ立っている。見つけたのは箕之助だった。浪人者と遊び人風の二人づれだからすぐに分かる。だが、果たしてそれが間違いなく左右善を仇《かたき》とつけねらう武士とその付き人のような町人なのか。箕之助は路上で二人を追い越し、あたりを歩いているであろう志江とセイを找《さが》した。路上でセイが二人と鉢合わせになってはまずい。いた。箕之助は志江とセイを目配せで脇道のさらに路地にいざなった。三人は立ち話の風をこしらえた。その路地の入り口の前を二人は通り過ぎた。

「アッ」

セイは小さな声を上げた。すかさず志江がセイの肩を軽く抱き寄せた。硬直し、こわばっているのが分かる。もう、二人の姿は見えない。

「どうだ」

「ま、間違いありません。あの二人です。せ、先生の命を狙っているのは」

セイは言った。

「分かった。おセイちゃんを頼むぞ」

箕之助は路地を出た。すぐに嘉吉と落ち合った。

そのまま志江はセイを蓬萊屋まで送っていった。

「あの二人に、間違いありませんでした。うまく、うまく行きそうです」

セイは報告した。仁兵衛と寅治郎は顔を見合わせ、大きく頷きを交《かわ》し合った。

神妙な顔つきで聞きながら、左右善はなおも端座を崩していない。寅治郎は武家言葉で声をかけた。

「くれぐれも、左右善どのが斬り結ぶのはなりませぬぞ。ともかく逃げてくだされ」

「したが……」

「ご了見なさいましよ」

いずれともつかぬ左右善の返答に、仁兵衛はふんわりと包みこむように言った。左右善の心中から、まだ刺し違える気持ちは消えていないようだ。セイが大和屋に行っているあいだ、左右善が仁兵衛にこのあとのセイの奉公先をそれとなく頼んだのがその証拠といえよう。

「——おセイはもう先生の実のお孫さんのようなもの。ご自分で面倒を見なされ」

仁兵衛はきっぱりと断っていた。左右善にすれば、それがまだ心残りであるのかもしれない。

志江が赤羽橋から芝三丁目に戻ったとき、陽は大きくかたむき、街道を行く人の足もせわしなくなりはじめていた。

箕之助と嘉吉はまだ帰ってきていなかった。

（あの二人、うまくやっているかしら）

策の第一幕に危険性はないものの、成否が気にかかる。

箕之助と嘉吉は、浪人者と鹿走りの弥太が田町三丁目の湯屋に入るのを見届けると、いくぶん間をおいて別々にその湯屋へ入った。まだ混み合う前で、件《くだん》の二人はもう湯舟に浸かっているのか、脱衣場に客は二、三人しかいなかった。他町の湯でいずれも箕之助の知った顔でなかったのはさいわいだった。

いずれの湯屋も造りは似ている。湯気が逃げないように、板張りの壁で天井から床の近くまで脱衣場と仕切っている。湯舟に浸かる者は、この柘榴口《ざくろぐち》から身をかがめて入ることになる。中は昼間でも薄暗く、湯の音に人の声が余韻を持って響き、慌しい外界と隔絶された癒《いや》しの空間をつくっている。どこで犬の仔が生まれただの、どこそこの婆さんが坂道で転んでけがをしただのといった、町のさまざまな噂が広まるのもこの空間からである。もちろんいままでも、金杉橋で辻斬りがあったときなどは、何日も湯舟に戦慄《せんりつ》を走らせたものである。

「まだ手掛かりもねえってことだぜ。夜更けてから出歩くのは気をつけなくちゃなあ」

「へへ、おめえのような貧乏人は頼んでも襲ってくれめえよ」

「なに言ってやがる。危ねえから金は持たねえのよ」

などとまだ話題の中心になっている。辻斬りが新刀の試し斬りなどではなく、物盗りが目的であることを噂は知っているようだ。

「ごめんなさいよ」

声をかけ、箕之助は柘榴口をくぐった。湯舟には四、五人の影が浮かんでいた。その中に、件の浪人者とその片割れがいることを確認した。新たに一人入ると、先客は順に奥へつめていく。一瞬、人の声に切れ間ができ湯音ばかりとなる。ふたたび柘榴口に人の影が射したのはそのあとすぐだった。

「おや、これは赤羽橋の。さっき近くまで行ってきたんですよ」

「あっ、これは街道の」

箕之助が声をかけたのへ、嘉吉は応じた。

「あのあたりで聞いたのですが、蓬萊屋の旦那さん、急病で倒れなすったとか」

「そうなんですよ。わたしも近所なものだから見舞いに行きましてね。するとあそこの番頭さんも丁稚のお人らも出払っていて」

「えっ、どういうことですか？　旦那が倒れなすったのに」

箕之助と嘉吉の会話がはじまった。話題性はある。先客たちの話は途絶え、湯舟の中は新たな二人の会話に聞き耳を立てた。顔まで声のほうに向けているようだ。

「いえね、あそこの丁稚さんが三田三丁目へ左右善先生を呼びに走ったらしいのですよ」

「ほっ。左右善先生か」

聞き入っている中から合いの手が入った。嘉吉はつづけた。

「すると左右善先生は往診で出払っていて留守だったとか。それで蓬萊屋さんのお人らが左右善先生を找しに町中へ繰り出して」

「あゝ、それで出払って。で、見つかったんですか」

「わたしが見舞いにうかがったとき、ちょうど番頭さんが走り戻ってきて」

「それはよかった。で、病気のほうは？」

「いえ。所在は分かったらしいんですが、いま往診中ですぐには行けない、と」

「えっ。それでどうなりやした」

声を上げたのは別の先客の一人だった。大工の留吉に似た、職人風の口調だ。その横で浪人者とその片割れの遊び人風が、湯音も立てず話に全神経を注いでいるのを箕之助も嘉吉も感じ取っている。話は弾む。

「早くても陽が落ちたころになる、と」

「だったらあの先生、病人を診てから帰《けえ》ってたのじゃ、すっかり遅くなっちまうぜ」

「そりゃあ危ねえぜ。あのあたり昼間でも人通りは少ねえのに、夜更けてからじゃ通るのは夜風だけだぜ」

嘉吉の言葉を受けるように、先客の職人風二人の会話になった。

そこへ、

「さっき、赤羽橋の蓬莱屋さんておっしゃいやしたねえ。どんなお店《たな》で？」

鹿走りの弥太が嘉吉と箕之助に問いかけてきた。不自然ではない。裸で柘榴口をひとたびくぐれば、そこは居合わせた者同士、顔は見えずすべてが身分も仕事も超えた話仲間となる。

「こっちからなら、橋を越えたところの献残屋さんですよ」

「ほう、そこの旦那さんが倒れなすったとか。どんなごようすで？」

「そりゃあ、お医者がまだで、わたしは詳しくは」

嘉吉が応じ、鹿走りの弥太がなおもなにやら訊こうとするのを、

「おい」

浪人者が低声とともに肩をつつき、とめたようだ。

話はつづいた。さきほどの職人風である。

「あんたら、蓬萊屋さんと知り合いなら言っといてやんねえ。帰《けえ》りはあそこの番頭でも丁稚でもいいやね。提燈の三つ、四つも派手にぶら提げて左右善先生をちゃんと家まで送ってやれってよ」

言葉は乱暴でも情がこもっている。左右善の人柄が偲《しの》ばれる。

「そりゃあ、まあ」

箕之助が応えた。

「おう、頼むぜ」

職人風二人が派手に湯音を立て、柘榴口に向かった。入れ替わるように、

「ごめんなさって」

新たな客が三人ほどつづけて湯舟に入ってきた。そのあとすぐ、浪人者と鹿走りの弥太は柘榴口を出た。箕之助と嘉吉は頷き合った。湯舟はすでに別の話題に移っていた。湯屋はそろそろ混み合う時刻である。

志江が箕之助と嘉吉の帰りを迎えたとき、大工の留吉が大和屋に来ていた。

「へへ、きょうは早めに仕事が終わったのでね。どうですかい、動きのほうは」

箕之助の顔を見るなり、わくわくしたような顔で言う。

「ちょうどよかったじゃありませんか。あとで呼びに行くつもりだったんでしょ」

「そういうことになった」

志江が言い、箕之助が返したのへ留吉は、

「おっと、そうこなくっちゃ。それであっしはなにをすれば？」

間を置かずにつないだ。箕之助の言葉は、湯屋での第一幕がうまく行ったことを示している。そこに嘉吉は、新たな緊張の色を浮かべていた。

暗くなるまで、まだ間がある。箕之助と留吉と嘉吉が軽く腹ごしらえをしているところへ舞が帰ってきた。

「あら、兄《あに》さんも来てたの。あたし、きょう早めに上がらせてもらったの」

と、兄の留吉とおなじようなことを言う。陽が落ちれば、第二幕が開くのだ。

五

「箕さん。もうそろそろ」

留吉がうながしたのへ、

「そうだな」

腰を上げ、嘉吉もつづいた。第二幕である。外はもう暗くなっている。

「あたしも」

舞が三人を追うように店の板間から三和土へ降りようとしたのを、

「だめよ、舞ちゃん」

志江が袖《そで》を取った。

「へへ。おめえが来たんじゃかえって足手まといにならあ」

敷居の外で留吉が振り返った。箕之助と嘉吉が草履《ぞうり》をはき、着物に角帯といかにもお店者風なのに、留吉は股引《ももひき》と腹掛《はらがけ》に腰切半纏《こしきりはんてん》をはおり、足には甲懸《こうがけ》を結んでいる。紐つきの足袋で、いつもの仕事姿だ。身軽なうえに、用心のためだと槍 鉋《やりがんな》を手にしている。柄が三尺（およそ一米《メートル》）ほどもあり尖端に刃物がついているが、大工が持ち歩いている分にはおかしくない。箕之助と嘉吉も薪《まき》を一本ずつふところにしている。

「んもお」

「もおじゃないの。こんな商いをやっていると、そのうちまたあたしたちの出番もあるから。これまでもそうだったでしょ」

志江は鼻を膨らませる舞の袖を中に引いた。

おもてに出た三人は、これから大立回りを演じようというのではない。あくまでも騒ぎ役である。

足は田町三丁目に向かった。脇道に人通りはもうない。男三人、提燈は必要なかった。薄い月明かりがある。

田町三丁目に入ると、すでに何度か歩いた裏店の路地の前を通り、浪人者と鹿走りの弥太の部屋に明かりが点《つ》いているのを確認してから街道に向かった。

「ケッ、あんなところに住んでやがるのか。俺の長屋に似てやがるぜ」

留吉が押し殺した声で言った。

脇道から街道へ出たところに煮売りの屋台が明かりを点けていた。街道にはまだ人通りがある。蕎麦《そば》屋や料理屋に居酒屋といった飲食の常店が暖簾を張り、角には屋台が立ち、庶民が外食を楽しむようになったのはこの元禄のころからである。とくに街角の屋台は、江戸には多い男の独り暮らしに重宝なものとなっていた。

「おやじさん、一本つけてもらおうかねえ」

煮売り屋台のおやじは、一度に三人も立ったことに恵比寿《えびす》顔をつくり、

「へい。一本でよろしゅうございますか」

「そうだな。もう一本もらおうか」

留吉がつないだ。昼間の暑さは去り、海岸からの風がこころよい。ぬる燗《かん》に野菜や団子の煮込みをつつきながら留吉が、

「いやあ、嘉吉さん。おまえさんとのつき合いも長いが、こうして一杯やるのは初めてだねえ」

「へえ、そのようで」

町内の顔見知りが寄り合っているように見える。

箕之助が留吉の足を軽く踏んだ。留吉はさりげなく往還を振り返った。浪人者と鹿走りの弥太が肩をならべ、札ノ辻のほうへ向かったのだ。町の往還に慣れていないのか、弥太は提燈をかざしている。

「おやじさん、おいしかったよ」

三人は屋台を離れた。

行く先は分かっている。だが、念のためである。あとを尾《つ》けた。街道はときおり提燈の動いているのが見えるばかりになっている。そのなかでの尾行は容易だった。かすかに見える提燈の明かりは札ノ辻で折り返すように、街道から分岐している往還に入った。もう間違いない。まっすぐ進めば三田の街なみを経て赤羽橋に至る。わざわざ二人が提燈をかざして札ノ辻を迂回したのは、この土地に不案内のせいだろう。

「では、わたしは」

嘉吉が街道から脇道にそれた。町家や武家地の往還を何度か曲がれば、赤羽橋まで先まわりすることができる。

——あの者ら、乗ってきました
仁兵衛らに知らせるためである。急げば、さらに引き返して箕之助らと再度落ち合うこともできる。

箕之助と留吉は前方の明かりが辛うじて確認できる距離をとって尾けている。その提燈の明かりは、三田二丁目のあたりで枝道に入った。左右善の療治処に向かう道筋である。箕之助と留吉は物陰に隠れ、提燈の動きをうかがった。療治処に明かりがないのを確認したようだ。ふたたび街道から枝分かれした往還に出て赤羽橋の方向に進む。足元に気をつけているのか、ゆっくりした歩調である。

「へへ、なにも知らずに歩いてやがるぜ」

留吉は歩を進めながら言う。

「留さん。逸《はや》って飛び出しちゃいけないよ。あの浪人者の刃《やいば》、並じゃないのだから」

「分かってまさあね」

箕之助が諫《いさ》めるように言ったのへ、留吉は軽く返した。寅治郎がつくはずだから安心しきっているようだ。

「わたしらの役目は、ともかく騒ぐことだからね」

箕之助は念を押した。

札ノ辻から分岐した往還には、本街道と違って屋台も出ていなければ人通りもない。前方の提燈は、背後に人の尾けていることにまったく気づいていないようだ。振り返りもしない。

川のながれが聞こえてきた。古川だ。闇に沈んで見えないが、赤羽橋はすぐそこだ。提燈の明かりは橋を渡り、火を消した。影の動くのがかすかに見える。箕之助と留吉は橋の手前で物陰に身を隠した。前方の二つの影は蓬萊屋に近づいた。正面の大戸は下ろしているが、潜り戸は閉じられておらず、明かりが洩れている。二つの影はそれを確認すると、あたりの地面の起伏を足でうかがいはじめたようだ。

箕之助と留吉は背後に人の気配を感じた。

「わたしです」

低く言った声は、嘉吉だった。仁兵衛らに状況を告げ、ふたたび橋を渡って箕之助と留吉を待っていたのだ。当然、嘉吉も鹿走りの弥太らが橋を渡ったのを確認している。

「左右善先生は、五ツ（およそ午後八時）の鐘が鳴りしばらくしてからお一人で外に出られるとのことです」

押し殺した声で口早に言う。五ツの鐘なら、すぐにでも聞こえてきそうな時分である。そう長く待たなくてすみそうだ。左右善が一人で出るというのは、本人の意思のようだ。これには寅治郎も賛成したらしい。仁兵衛は店の者をつけようかと言ったが、とっさの場合にはかえって邪魔になろう。もちろん左右善のすぐあとに寅治郎がつづくことになっている。

「しっ」

箕之助が叱声《しっせい》を吐いた。二つの影が引き返してきたのだ。三人は凝視した。影は二つとも橋の上でとまった。二度ほど、影は橋の上を行きつ戻りつした。距離を測り、足場を丹念に確かめているようだ。もし寅治郎がこの動きを見たなら、左右善から離れずできるだけ近くにつくはずである。だが、箕之助や留吉では、影の動きから浪人者の作戦は読めない。

二人は、橋を箕之助らの潜む方向へ渡り、そのたもとに身を隠した。こうなれば、橋の上で襲う算段を立てたことは、箕之助たちにも分かる。

増上寺から鐘の音が聞こえてきた。五ツの鐘だ。三人は息を呑む思いで鳴り終わるのを待った。二人はすぐ先の橋のたもとに潜んでいる。

箕之助らは息さえ慎重にゆっくりと吐く。すぐ目の前が、橋のたもとなのだ。樹林のざわめきが聞こえる。五ツの鐘のあとしばらくしてからというが、時のながれが極度に長く感じられる。ここに至って、さすがに留吉も緊張しているのか、身をこわばらせているのが箕之助にも分かる。修羅場に、場馴れというものなどないのかもしれない。箕之助も緊張しているのだ。

感じた。橋のたもとに人の気配が動く。箕之助たちのところからは見えないが、薬籠を小脇に蓬萊屋の潜り戸を出た左右善が、橋に近づいてきたのかもしれない。セイは蓬萊屋の奥の部屋で、身をこわばらせていることだろう。浪人者の影が立った。すでに抜刀しているのが影からも見てとれる。腰を落とし、飛び出す構えをとっているようだ。三人の心ノ臓は一様に高鳴った。薬籠を小脇に、片方の手で提燈をかざした左右善が、ゆっくりと橋に近づいてきた。十数歩の間合いをとり、寅治郎の影が往還の隅へ身を隠すようにつづいている。寅治郎も、襲ってくるなら橋の上と見定めてはいる。

左右善の足が橋板にかかった。ゆっくりと歩を進めている。歩が橋の中ほどにさしかかった。その時であった。

「ウォーッ」

獣《けもの》を思わせる声とともに浪人者の影が左右善めがけて突進した。橋板を激しく打つ足音が箕之助たちの耳に響く。

「まずい！」

ほとんど同時に寅治郎も地を蹴ったが、浪人者はすでに橋の上である。寅治郎の誤算であった。それが仇討ちなら、対手がまず橋の上で行く手を塞ぎ、名乗りを上げてから斬り込むとばかり思っていたのだ。そこに寅治郎は己れの出番を算段していた。だが眼前の展開は仇討ちの作法などではない。

橋の中ほどで左右善は棒立ちになった。寅治郎はひと呼吸遅れている。

（ヒーッ）

息を呑んだのは箕之助たちであった。すでに物陰を立ち往還へ踏み出している。

「あぁ」

寅治郎は橋板を蹴りながら呻《うめ》いた。

(斬られた！)

瞬時、思ったのだ。だが驚愕した。左右善は小脇の薬籠を突進してくる浪人者に投げつけるなり横っ飛びに初太刀をかわし、欄干に手をかけ再度飛び上がり身を宙にひるがえしたのだ。

「くそーっ」

浪人者は唸《うな》り、身を欄干に向けた。脇が無防備である。寅治郎はそこへ走りこみ、抜き打ちに刀を払った。手応えを感じるのと川面に人の飛びこんだ水音の立つのが、ほとんど同時であった。橋の上でも鈍い音がした。浪人者の身が橋板に崩れ落ちたのだ。寅治郎の刀は浪人者の右脇下から斬り上げ切っ先は首筋に達していた。即死である。

「ヒーッ」

驚愕の悲鳴とともに橋のたもとで飛び上がったのは鹿走りの弥太であった。

「野郎っ」

槍鉋を振りかざした留吉の叫びとともに三人は思い出したように往還を塞いだ。箕之助と嘉吉は薪を手にしている。鹿走りの弥太は逃げる態勢よりも退路の塞がれたことに棒立ちの態《てい》となった。それも瞬時だった。寅治郎は弥太の横を走り抜けるなり再度刀の切っ先を一閃させた。闇のなかにも血潮の飛び散るのが感じられた。即死した弥太はその場に崩れ落ちた。

「早く、左右善どのを！」

寅治郎に言われ、

「川だ！」

箕之助が叫び、三人は橋のたもとから川下の土手に走った。水音が聞こえる。すぐ見つけることができた。自分で岸辺まで泳いできた左右善を三人は引き上げた。

蓬莱屋から使用人らが飛び出てくる。驚愕しながらも濡《ぬ》れ鼠《ねずみ》の左右善をふたたび蓬莱屋の奥の部屋にいざなった。


橋に近い自身番の若い者が二人、提燈を激しく上下させながら八丁堀に走った。いずれの町も自身番は町役所を兼ね、町内の地主や家主、大店のあるじたちで構成される町役《ちょうやく》や雇われ人が数名、昼夜を問わず詰めている。町内で胡乱《うろん》な者を見つければまず町衆で捕まえて自身番に拘束し、若い者が奉行所に走るのである。

「いやあ、金杉橋の一件がありましたからなあ。ああ、くわばらくわばら。心ノ臓がとまるかと思いましたよ」

と、仁兵衛は自身番に出向き、町役たちに話している。寅治郎も箕之助も、留吉に嘉吉もそこにそろっている。もちろん拘束されているのではない。拘束すべき相手は死体になっており、すでに自身番へ運ばれ土間で莚《むしろ》をかけられている。留吉と嘉吉は、左右善を川から引上げたあとすぐ、

「辻斬りだ、辻斬りだーっ」

「人殺しーっ、みんな、出て来てくれー！」

寝静まった街なみを叫びながら自身番に走っていたのだ。所定の行動である。

仁兵衛は自身番で、珍しく饒舌《じょうぜつ》であった。

「左右善先生のお帰りが遅くなると思い、日向さまに無理を言って来ておいていただきましたのじゃ。念のためでしたがな。いやあまったく、それがほんとうに出るとは」

胸を撫でおろしながら話す内容に、町役たちは恐怖と畏敬の念をもって仁兵衛と日向寅治郎を見つめ、ときおり土間の死体にも視線を投げる。

箕之助が居合わせたことには、大和屋が蓬莱屋からの暖簾分けであることを町内は知っている。あるじの急病を手代が走って知らせれば、夜であろうと駈けつけるのは「当然のこと」と解する。

「へへへ。それで昵懇《じっこん》のあっしが箕之助旦那の護り役に、槍鉋などを持ちましてね」

横合いから留吉が言えば、

「それはなんと殊勝な」

「危ないのに、ご苦労さまでした」

と、赤羽橋たもとの松本町や三田町の町役たちは感心したように頷く。

「えっ、わたしの病気ですか？　ご心配、ありがとうございます。なあに、ちょっとした暑気中《あた》りか、突然眩暈《めまい》がして倒れましたのじゃ。それがほれ、このとおり。左右善先生が辻斬りに遭ったと聞いて吹き飛んでしまいましたわい」

まわりから「よかった、よかった」と声が入る。すべてに辻褄《つじつま》が合っている。松本町と三田二丁目の町役たち何人かが書役《かきやく》をともない、橋を渡って蓬莱屋の奥で休んでいる左右善を見舞うと、

「いやあ、蓬莱屋さんの病気は大したことなかったというに、驚きました。このわたくしが辻斬りに遭うなど、予想だにしませなんだ。蓬莱屋さんの配慮には正直、はじめは余計なことと思いましたのじゃが、もうなんと申し上げてよいやら、言葉もありませぬ。ただただ気がついたら欄干につかまり、水に飛び込んでおりましたわい」

左右善の言葉を書役はすべて書きとめ、町役たちは左右善にケガすらなかったことに心《しん》底《そこ》安堵の表情を浮かべた。自身番の書役が書きとめた口書き帳は、町役たちが連署し公《おおやけ》の記録として奉行所にまわされることになる。

留吉と嘉吉の大声が効いたのか、自身番の前も赤羽橋の周辺にもしだいに人が増え、それらは九ツ（午前零時）の鐘が鳴っても去ろうとしない。辻斬り犯人が殺されたという安心感がそこにながれている。奉行所では最近頻発《ひんぱつ》する辻斬りに神経を尖らせていたのか、夜明け前には赤羽橋に人数を繰り出していた。

二日後の夕刻だった。仁兵衛の姿は八丁堀にあった。懇意の与力の奥座敷である。

「出来すぎておるのう、仁兵衛さんよ」

含み笑いを見せながら言う与力に、

「滅相もありませぬ。あれはたまたま」

仁兵衛は顔の前で手の平をひらひらと振った。

「フフ。ま、聞くまいよ。ともかく手柄であった。日向寅治郎とかもうす浪人はむろん、そこに走った何人かの町人ものう」

与力はまたニッと笑って見せる。

自身番からの知らせを受けたあと、奉行所の動きは速かった。浪人者と遊び人風が、大胆にも増上寺の門前町を塒《ねぐら》にしながらその周辺で辻斬りを働いていたことはすぐに分かった。奉行所は、犯人は門前町の中と目をつけていたのだ。その一人が鹿走りの弥太などと二つ名をとっている男であることも、死体検《あらた》めで判明した。顔を覚えている同心がいたのだ。

「五年も前になる。盗賊の一味を一網打尽にしたことがある。そのとき、下働きのような若い男《の》を一人取り逃がしてのう。ともかく足の速い奴だったらしい。同心は慥《しか》と顔を見たというのだが、逃げられてしまったらしいのだ。その男だったわけよ」

与力は話す。それればかりではなかった。十年ほど前から発生していた独り働きの押込みと辻斬りの犯人が、同一人物であることも奉行所は割り出した。決め手はその当時に書き留められた人相と斬り口であった。もちろん奉行所は烏山藩の江戸屋敷留守居《るすい》役を呼び、奉行所に移していた浪人者の死体を見せたが、

「――かような顔、見たこともござらぬ。心当たりもござらん」

言ったそうな。

それは事実であった。江戸屋敷の留守居役が国おもての軽輩者《けいはいもの》の顔など知る由《よし》もない。しかも三十年も前に旅立った男である。あるいは、かつて仇討ちの旅に出た藩士のいたことが、留守居役の脳裡をふとよぎったかもしれない。だが、目の前の死体が押込みに辻斬りの犯人とあっては、断じて藩との関わりを否定するであろう。ここに烏山藩と浪人者、さらに左右善とを結びつける線は消えた。

「自身番に運ばれたとき、たとえ虫の息でもあったらのう。そやつも鹿走りの弥太とやらも、一言も発することなく即死したのなれば、これ以上の探索は無理というものよ。のう蓬萊屋仁兵衛」

言う与力に、

「さようにございましょうなあ」

仁兵衛は奥目でニッと笑いを返した。死んだ浪人者の名も、左右善の胸にしまいこまれたまま、もうおもてに出ることはないのである。それはむしろ、左右善が自分のためというよりも、むしろその男のためであったろう。

与力の一応の満足に見送られ、仁兵衛は八丁堀をあとにした。


蓬萊屋の奥の部屋では、箕之助と寅治郎が待っていた。

待ちながら、

(自分としたことが、また踏み入ってしまったか)

箕之助の脳裡を、おとといからの思いがあらためてながれる。

仁兵衛が帰ってきたのは、陽もすっかり落ちてからであった。さきほどまでの増上寺からの勤行《ごんぎょう》も、もう聞こえなくなっている。

仁兵衛から八丁堀での話を聞き、箕之助はポツリと言った。

「あの浪人さん、悪人になり果てていたとはいえ、これまで生きていた痕跡まで消されてしまうのですねえ。かつてお侍《さむらい》であったことも」

増上寺の樹林のざわめきが、中庭を通じ伝わってきた。

「いや。あの者、有無も言わず刀を振るおうとしたのは、多少なりとも武士としての意地が残っていたからであろうよ」

「それは言いますまいぞ、日向さま」

寅治郎が言ったのへ、仁兵衛は短くかぶせた。

また樹々の鳴る音が聞こえてきた。

いまごろ芝二丁目か三丁目の湯屋では、留吉がきのうにつづき湯舟の中で湯音を派手に立てながら、

「そのとき俺は辻斬り犯の前に槍鉋をこうかざし」

手拭を振りまわしながらまだ大立ちまわりを演じていることであろう。いずれの湯屋もいま、この話で沸騰しているのだ。

女騒動

一

「いなさるかい」

留吉が威勢ともふてくされともつかぬ声で大和屋の敷居をまたいだのは、九ツ（正午）の鐘が響いたすぐあとだった。赤羽橋での一件より五日ほどを経ている。

「あら、留吉さん。どうしたの、こんな時分に」

前掛で手を拭きながら帳場に出てきた志江が、首をかしげたのも無理はない。留吉は紐つき足袋《たび》の甲懸《こうがけ》に腹掛《はらがけ》、腰切半纏《こしきりはんてん》、それに鉢巻《はちまき》と、いかにも普請場《ふしんば》からちょいと抜けてきましたといった格好である。それに大工の命である道具箱を肩に担いでいるのは、きょうの仕事はもう終わりましたと告げているようでもある。増上寺門前町の普請場はまだ終えておらず、留吉はきょうもそこに引きつづき出ているはずなのだ。

「どうもこうもあるかい」

こんどは明らかにふてくされた口調で言い、道具箱を大和屋の板敷きに置いた。投げるように抛《ほう》り出さないのはさすがに職人である。

「どうしたのです？」

志江は微笑《ほほえ》み、手でお上がりと板敷きを示した。

留吉は増上寺門前の普請場を締め出されたのだ。

「ちょいと新しいところへね」

「まあ」

留吉が言ったのへ志江は返したものの、増上寺門前町でのここ数日のようすは聞いているので、微笑みというよりも内心噴出したい思いを禁じ得なかった。

留吉は時ならぬ人気者になっていた。なにしろ増上寺周辺を震撼《しんかん》させた辻斬りを打ち斃《たお》す一翼を担《にな》ったのだ。普請場の施主はもとより、近辺の水茶屋のあるじや町役《ちょうやく》たちまでが角樽《つのだる》を持って御礼とお祝いにつぎつぎと来るのだ。もちろん棟梁も鼻が高く、仕事仲間たちも最初は喜んで喝采したのだが、そのたびに留吉が足場を離れて仕事を中断させるのでは、仲間たちはいいかげんうんざりする。しかし留吉は一向におかまいなく資材置き場まで降りて、

「――そのとき俺は、こう槍鉋《やりがんな》をこう構えてガッチと辻斬りの刀を受けとめ」

などと手拭ならず本物の槍鉋を振りまわすのだから、水茶屋の女や通行人たちも集まり、やんやとはやし立てる。それらの足は普請場にまで踏みこんでくる。見物の衆から声がかかる。

「――え？　辻斬りを殺《や》っつけたのは腕の立つ用心棒のご浪人さんだと聞いているぜ」

「――おっと、そこよ」

留吉はたじろがない。

「――相手は二人だ。知ってっだろう、鹿走りの弥太よ。そいつをやっつけたのさ」

「――弥太の野郎も刀持ってたのかい。一太刀で斃されたって聞くぜ」

「――てやんでえ。暗くて見えなかったのよ。刃物が目の前でキラリと光りやがってよ。それを俺は槍鉋で向こう正面に」

また身振り手振りで演じる。それが毎日何回もとあっては、

「――いい加減にしねえかい」

と、三日目か四日目には棟梁は怒りだし、仕事場を替えられてしまったという次第だったのだ。

だがそれは、留吉にとってはかえって歓迎すべきことだったかもしれない。新たな普請

場は、増上寺門前町でのような大掛かりな新築ではなく、離れの間の修理程度のものであったが采配は留吉に任され、それに場所が、

「棟梁に言われてさっき見てきたんだけど、三田一丁目の大中屋《おおなかや》でさあ」

「えっ、それじゃ」

と、志江もその偶然に驚きの声を上げた。赤羽橋の近くである。しかもあの日の夜、大中屋のあるじ琴ヱ門《きんえもん》も隣町ながら町役の一人として自身番に出向いていたのだ。当然ながら、

「――あ、おまえさんが来てくれたのですか。棟梁の配慮でしょうかねえ」

と、琴ヱ門は留吉の顔をよく覚えていた。だが、

「あっしは覚えがねえんですよ。いたかなあ、あの旦那」

留吉は三和土《たたき》に立ったまま首をかしげる。

「そりゃあ留吉さん、あのときは気が高ぶっていて、それに大勢に囲まれ、気がつかなかったのでしょう」

「かもしれねえ。それにしても、大中屋といえば蠟燭《ろうそく》問屋でも大振りで、あの町の町役ですぜ。気がつかねえはずはねえんだがなあ。箕之助旦那はどうでしょうかねえ。やはり気がついてねえと思いやすがねえ」

「いいじゃないの。向こうさんはともかく留さんのこと、ちゃんと覚えていてくれたのだから。それよりも、うちの人が帰ってきたらさっそく話しておきましょう」

「ま、あっしもそう思いやしてね、ちょいと立ち寄ったんでさあ」

箕之助が大中屋の琴ヱ門を覚えているかどうかではない。留吉がどこそこで新築がはじまるとか棟上《むねあげ》があるといった話をもたらすのは、箕之助にとってはきわめて重宝な情報となっている。祝い事があれば、そこには祝いの品が動く。いち早くその周辺へ営業に出向くのである。これがけっこう効果的なのだ。

「ま、大中屋は十日で仕上げろなんて言ってるんだけど、材料は増上寺の普請場から運びゃいいし、じゅうぶん間に合いまさあ。きょうは段取りだけで仕事はあしたからだ。これから、へへ。ひとっ風呂」

留吉はそれだけを話しに来たらしく、板敷きに置いた道具箱にまた担ごうと手をかけた。

「おや、留さんじゃないか。どうしたね、普請場のほうは」

箕之助が帰ってきた。赤羽橋の一件が冷めやらぬうちにと、営業にまわっていたのだ。

もちろん留吉のようにその場で大げさな立ちまわりを演じたりはしないが、どこへ行っても評判で話題にこと欠かない。このさき箕之助の商売がずいぶんやりやすくなることは間違いないだろう。

結局、留吉は居間に上がり、昼めしを相伴《しょうばん》することになった。話題は当然、三田一丁目の大中屋のことになる。

「えっ。きのうわたしも大中屋さんに挨拶にうかがったのだが、離れの普請のことなど、なにもおっしゃっていなかったが」

箕之助は首をかしげた。

それればかりではない。

「あの日の夜、留さんが気づかなかったのも無理はないよ。大中屋の琴ヱ門旦那、自身番には見えていたがずっと隅のほうで目立たず、わたしもあのとき一度も口を利く機会がなかったのだ。そういえば、町役だから来たことには来たが、まるで隠れるような……そんな感じだった。どうしたのだろうねえ」

大中屋の琴ヱ門がことさら無口で引っ込み思案だということでは決してない。商人がそんな性格なら店は立ち行かなくなる。歳なら箕之助とおなじくらいで三十路《みそじ》を過ぎたあたりだろうか。真面目な性格であることは、紆余曲折《うよきょくせつ》なく育ってきた顔の表情からもうかがわれる。箕之助は大中屋琴ヱ門のそれ以上のことは知らず、留吉もきょうが初対面とおなじだったのだ。

「それって、いったい」

志江は茶を淹《い》れながら、また心配げな表情をつくった。

それにはおかまいなく留吉は、

「ま、十日ばかりであそこの奥向きはさっさとやっつけちまってさ、あとはまた増上寺門前町の大普請に戻りまさあ」

箸を進めながら言う。やはり大工には、離れの化粧なおしなどより、大掛かりに家一軒を新築するほうにやり甲斐《がい》を感じるのだろう。

箕之助と志江は顔を見合わせた。留吉がさりげなく言った「奥向き」という言葉に、ギクリとするものがあったのだ。同時に箕之助の脳裡に一瞬、

『相談に乗っても、みずから口を出してはいけませんよ』

仁兵衛の口癖の言葉が走った。それは志江にも伝播《でんぱ》していた。

「おまえさん」

「なあに、一回挨拶に顔を出しただけだ。具体的な商いの話をしたわけじゃない。奥への廊下さえ踏んではいないよ」

志江が懸念を押し殺すように言ったのへ、箕之助はことさら軽そうに返した。

「えっ、奥への廊下？　そのさきでさあ、あっしの入る離れの間てえのは」

留吉はなおも箸を進める。

「じゃあ、あっしはちょいと湯に行ってきまさあ」

と、留吉が帰り、箕之助もふたたび商いの挨拶まわりに出かけたすぐあとだった。献残物には、そういつも動きがあるわけではない。箕之助がときおり挨拶まわりに出かけるのは、冠婚葬祭のときにはよろしくとの顔つなぎのためなのだ。献残屋にはこの挨拶まわりが欠かせない。しかもこの数日は、箕之助がこれまで取引のなかったところにも顔つなぎをする絶好の機会なのだ。だからいまは太陽の沈むまで暑いなか、できるだけと汗を拭き拭き外まわりをしているのである。

志江は、

(せめて家のまわりだけでも)

と、水桶を持って玄関先に打ち水をはじめた。

「あっ」

その手をとめ、

「ちょいと、素通りはないでしょう」

声をかけた。通りの向こうに蠟燭の流れ買いの姿がチラと見えたのだ。日除けの笠をかぶって小さな籠《かご》を背負っている。ふところには小皿と竹べらが数本入っているはずだ。

「へえ」

蠟燭の流れ買いは足をとめ、

「あっ、これは。大和屋さんのご新造さん。どうも。ついこの前かなり買わせていただいたもので。失礼いたしました」

饒舌に愛想笑いを浮かべながら歩み寄ってきた。出商《であきな》いの者はいずれも愛想がいい。それでなくては商いはできない。

「でも、まさかご新造さん。またお売りいただけますので？」

すこし怪訝《けげん》な顔をし、大和屋の玄関先に足をとめた。

「あ、そうだったわね。そうじゃなくって。ともかく中に入ってお茶でも飲んでいきなさいよ」

志江は三和土《たたき》の上がり框《かまち》を手で示した。

その出商いは物売りではなく、蠟燭のおこぼれに与《あずか》っており、大中屋とつながりがあるかもしれない。すこしでも内部の情報を得て、箕之助の手伝いができればと思ったのだ。

蠟燭の明かりは町家の庶民が一般に使っている、油皿に浸した灯芯の炎よりも四、五倍の明るさがある。だが箕之助の大和屋でも、蠟燭を室内で使うのは、夜間外出時の提燈などやむを得ない場合は除き滅多にない。きわめて高価だからだ。先日、左右善が来たときも油皿で済ませている。この時代、どこの家も夜を早く仕舞《しま》うのは、蠟燭はおろか灯芯の油さえもったいないからであり、蠟燭をふんだんに費消《ひしょう》する遊郭が不夜城などと言われて目立ったのは、ほかが暗かったからである。

そのようななかに、蠟燭のしずくもまた貴重であった。だから蠟燭の流れ買いといった仕事が成り立ち、一軒一軒まわって買い集められた蠟は蠟燭問屋に持ちこまれ、ふたたび蠟燭の原料として再利用される。それに、荒物屋でも商品として買い取ってくれた。障子や戸の桟《さん》につけて滑《すべ》りをよくしたり、さらには木製品の艶《つや》出しなどにも使われていたのだ。

「いやあ、この季節は日陰に入れてもらえるだけでもありがたいですよ」

蠟燭の流れ買いは大和屋の敷居をまたぎ、手拭で額をぬぐいながら上がり框に腰を下ろした。

志江はお茶を用意し、

「この暑いのにご精が出ますねえ。あんた、やっぱり集めた蠟は三田一丁目の大中屋さんあたりに買い取ってもらってるんでしょうねえ」

「そりゃあ、あそこは大振りですからねえ。いつも出入りさせてもらっていますよ」

流れ買いは乗ってきた。

「できればうちもお出入りさせてもらえないかと思って。ほら、うちは献残屋でしょう。最近、大中屋さんに祝い事とか、そんな類《たぐい》のものはないでしょうかねえ」

志江は本題に入った。

「あれ、ご存じなかったのですか」

「えっ、なにかあったのですか」

「こんなこと、言っていいやら悪いやら。ま、いちおう祝い事といえばそうなりましょうか。ですが、わたしら出入りの者にとってはどうなりますことやら」

流れ買いは茶をひと口飲み、フッと息をついた。

思った以上の反応だが、言い方が妙だ。志江はひと押しした。

「なにか心配事でも？　祝い事じゃないのですか」

「そこなんですよ。十日ほど前。あっ、前といえば赤羽橋の。あのときは蓬萊屋さんが。それにこちらの大和屋さんの御主人もえらいことだったそうで」

流れ買いは畏敬の目になった。

「まあまあ、そんなこと。それよりも大中屋さんでなにか」

志江はさらにお茶を勧めた。

「へえ。その、赤羽橋の辻斬り退治のちょっと前ですよ。先《せん》のご新造さまを旦那さまがご離縁なさいまして」

「えっ、離縁？」

意外である。離れの新普請の話ではなかった。蠟燭の流れ買いはつづけた。

「お可哀想に、三年子なきは去れってんでしょうかねえ。いえいえ、もう五年になりますですよ。だから二年ほど前にご親戚筋から養女をお迎えになって、立派に育てておいでになってたのに」

「ま、子なきは去れですって」

志江はわずかに抗議の口調で返した。大和屋にも、子はないのだ。

「あ、これは失礼いたしました。あくまでも大中屋さんの話でして」

「いいのですよう。それが祝い事とは、どういうことですの？」

「そこなんですよ」

流れ買いは聞いてくれといったような顔つきになった。

「わたしらにとっては、先のご新造さまはありがたいお方でしたよ。番頭さんがわたしらの集めた蠟をいつも買い叩こうとなさるのですが、そのたびにご新造さまが、儲けはおもての蠟燭から出しなさい、とわたしらの利幅《りはば》をお考えくださいましてねえ」

すこし長い前置きをし、語りだした。

その親切なご新造のお祐《ゆう》を琴ヱ門は十日ほど前に離縁して実家に返し、つい三、四日前に近々後妻を入れると店の使用人に発表したというのである。蠟燭の流れ買いが、ご新造の姿が見えないので番頭に質《ただ》して聞き出したらしい。

「後妻さんはお美樹《みき》さんとかおっしゃるそうで、それがなんと輿入《こしい》れの日取りもすでに決まっているらしいですよ。なんでも、すぐらしいです。これじゃ先のご新造さまは収まりませんよ」

蠟燭の流れ買いは、脇に置いた籠に目をやった。買い取ってもらう蠟燭問屋を代えようと思っているのかもしれない。流れ買いが知っているのはそこまでで、先妻のお祐の実家がどこなのか、後妻に入るという美樹とやらの素性も聞いていないようだった。湯呑みを干し、

「いやあ、暑いときには熱いお茶が一番でございますねえ。はい、生き返りました」

と、ふたたび炎天下に出て行った。

「お気をつけて」

志江は流れ買いの背に声をかけ見送ったが、心配をこみ上げさせたのは、女の身としての自分のほうであった。外に出てすぐに打ち水をはじめることもなく、そのまま帳場に座

りこんだ。

なるほど留吉が入って離れの化粧なおしをするのは、後妻を入れるためらしい。それにしても、

(短すぎる)

のである。先妻を離縁し、後妻を入れるまでの期間だ。こうも早急なのは、先妻のお祐さんとやらを離縁したときには、すでに後妻の入ることが決まっていた……。

(許せない)

志江は立ち上がり、荒々しく水桶を取るなり玄関先に撒きはじめた。水のなくなるのは早かった。

ふたたび屋内に戻り、

(どうしてあたしがこうも怒らなければならないの)

思えてくる。明らかに他家の、

(奥向き)

のことなのだ。

箕之助の帰りを待った。これまで箕之助がつい他所《よそ》さまの奥向きに踏み入り、そこに仁兵衛旦那らまでが大真面目に同調していた気持ちが分かるような気がしてきた。男には男

の意地があるのかもしれない。

陽のあるうちに箕之助は汗を拭き拭き帰ってきた。

「分かったよ。大中屋の琴ヱ門旦那があの日、自身番に出てきても身を隠すようにしていたのが」

上がり框に足をかけながら、開口一番言った。箕之助は、大中屋の近所で聞き込んできたようだ。

「そのことなんだけどねえ、おまえさん」

志江が言おうとすると、箕之助はさらに言葉をつづけた。志江が蠟燭の流れ買いから聞いたのとおなじ話を居間に入りながら口にし、

「あの旦那、先妻さんを追い出してすぐに後妻を入れるなど、やはり世間体の悪さに加え、うしろめたさがあったのだろうよ。だからまるで人から隠れるように」

などと疑問を解き明かすように言い、

「ということはだ」

卓袱台の前に腰を下ろした。

「なにもかも後妻に入る女からそそのかされたことになる。その女からせっつかれてというか、いいように手玉にとられてのことかもしれん。それにしてもあの琴ヱ門旦那、優柔

不断というかだらしがない」

蠟燭の流れ買いは、離縁されたお祐に同情的な姿勢を見せていたが、箕之助も似たようなことを言う。おそらく周囲もそうなのであろう。

「それなんですけどね」

ようやく志江は自分も蠟燭の流れ買いから話を聞いたことを告げ、

「これからも顔つなぎに行くのですか？　大中屋さんに」

「気が進まないねえ。最初から奥向きが揉めそうなところは」

懸念を含んだ問いに箕之助はさらりと応えた。

志江も、

（そのほうがいいようだ）

思えてくるのだった。だが、箕之助がこの話題を締めくくるように話した言葉は、志江にあらためて懸念を抱かせるものとなった。箕之助は言ったのだ。

「後妻に入れるという女が、鹿走りの弥太などとおなじ増上寺門前町の出となれば、あそこの旦那ますます肩身が狭かろう。なんでも琴ヱ門旦那が人知れず通っていた水茶屋のお人らしい」

花街の水茶屋といえば、舞のいる街道の腰掛茶屋とはまるで異なる。縁台には日傘を差して毛氈《もうせん》を敷き、決まった値段などなく、奥に入れば座敷は華麗で女たちはお茶などではなく酒と媚《こび》を売っているのだ。

二

「棟梁に言われたから仕方ねえが、まったく腹が立つぜ」

憤懣《ふんまん》を乗せた口調で留吉が大和屋の敷居をまたいだのは、翌日の日の入り前であった。甲懸のままで腰切半纏を無造作に羽織っている。きょうから離れの化粧なおしに取りかかった大中屋からの帰りである。

箕之助もすでに外まわりから帰っていた。

「どうしたね、大きな声で。まあ、上がっていきなさいよ」

居間から玄関へ声を投げた。大中屋でなにかあったと直感したのだ。志江も同様だった。

「お茶でも淹《い》れますから」

台所から箕之助の声につないだ。

「いったい、あの蠟燭屋、どうなってんだ」

留吉は廊下に足音を立て、居間に入るなり勢いよく箕之助と向かい合うように腰を据えた。

「まあまあ、留吉さん。なにをそんなにいきり立っているのです」

志江も夕餉の準備を中断して居間に出てきた。

「どうもこうもありやせんぜ。せっかくきのうあそこの旦那と段取りを決めたっていうに、きょう妙な女が出てきやして」

後妻に入るという美樹のことであろう。留吉は志江の運んできたお茶で口を湿らすなり話しはじめた。十代の若い下職《したじょく》二人を使嗾《しそう》し仕事にかかろうとすると、年増《としま》の色っぽい女が出てきて、きのう琴ヱ門と納得づくで決めた段取りにやかましく注文をつけ、使う木材まで変えさせたという。

「あの旦那、女の言いなりでさあ」

留吉はあきれたような口調をつくった。女の指図によって結局新たに線引きをしなおし、慌てて材木の変更を告げるため下職を増上寺門前町の普請場に走らせ、左官屋や指物《さしもの》師《し》にも変更の連絡をしなければならず、きょう一日仕事にならなかったというのである。

「腹が立ったのであそこの女中に訊くと、それがなんと驚きでさあ。離れに入るうわなり、、、、だって言うじゃありやせんか。しかもいままでのご新造を離縁したばっかりだっていいますぜ」

これには箕之助も志江も驚いた。うわなりとは後添《のちぞ》いのことである。話はすべて一致しているものの、まだ入っていない後妻が普請場に来て指図するなど、留吉ならずとも相当世慣れた図々しい女と思わなければならない。しかも迎えられるのではなく、押しかけであるのも歴然としていようか。

「そういやあ大中屋の旦那、あのとき自身番でもいるかいねえのか分からねえようなお人でしたからねえ」

留吉がまだ憤懣を溜めた口調で言ったのへ、

「そのとおりだなあ」

箕之助は相槌を打った。

「でがしょう。あのうわなりめ、あしたもまた来るって言ってやがった。ともかくこちとらあ、施主の注文に応じなきゃならねえ。そりゃあ俺は大工《でえく》だ。どんな注文にでも応じてやろうが、うわなりが踏み外して大怪我でもするような細工を床にしておいてやろうかい」

「よしなさいよ、そんなこと」

志江がまじめな顔で言った。留吉なら実際にやりかねない。

「冗談でさあ、冗談。ともかく十日で仕上げ、元の普請場に帰ったら棟梁にひとこと文句言ってやらにゃ気がすまねえ」

留吉は言うだけ言うと湯呑みを卓袱台に戻し、

「ま、きょうは気分なおしをこめて長湯でもしてきまさあ」

腰を上げた。どうやら留吉はきょうの憂さ晴らしのために大和屋へ立ち寄ったようだ。

ふたたび二人になった居間で、箕之助と志江は顔を見合わせた。

「なあに、向こうさんの奥向きのことさ」

「でも」

箕之助が言ったのへ、志江は不満そうに返した。志江には女として許せない気持ちがくすぶっているのだ。

留吉が帰り、ようやく陽が沈みかけたころ舞が大和屋に顔を出した。

「きょう、お兄さん機嫌悪そうよ」

「え、仕事場でなにかあったんですか」

などと志江と玄関で立ち話をしている。

「それよりも日向の旦那。ますます評判がよくなっちゃって」

寅治郎はあとから帰ってくるらしい。舞の話しているのが居間の箕之助にも聞こえてくる。

赤羽橋の一件のあと、増上寺門前町の旦那衆が何軒か寄り合い、日向寅治郎を用心棒に雇いたいと申し込んできた話は箕之助も聞いて知っている。月々の手当も零細な街道筋の茶屋が出している数倍の額を示したらしい。だが寅治郎は、

「──俺はこの街道が似合っておるのだ」

と、一言で断ったらしい。それが田町七、八丁目の界隈でいっそう信頼を得るところとなっているのだが、舞はそのような寅治郎とおなじ長屋に住んでいることが茶汲み仲間への自慢であり、嬉しくてしょうがないようである。

「それで旦那ったら、相変わらず日がな街道の人たちをジーッと見つめているのよ。ほんとおかしなご浪人さん」

舞は満足そうに話している。

箕之助は以前、寅治郎になにか理由《わけ》でもありなさるのかと訊いたことがある。

『なあに、こうしているのが好きなだけよ』

寅治郎は答えただけだった。以後は、それこそ人それぞれに奥向きがあるのだろうと問いかけてはいない。それよりも、どことなく質《ただ》すのがためらわれるような威厳が日向寅治郎にはあるのだ。

「あら兄さん、いま湯に行ってるんですか。だったら早く帰ってエサを用意しておいてやらなくっちゃ。日向の旦那は茶屋ですませるって言ってたから」

「まあ、エサだなんて。留吉さん、聞いたら怒るわよ」

志江の声に、舞の軽やかな足音が遠ざかっていった。


普請が始まると、やはり職人気質《かたぎ》か留吉が三田一丁目から帰ってくるのはいつも日が暮れてからとなった。大和屋は帰りの道筋だから、そのつど声を入れていた。廊下の張替えから壁に丸窓を設けたり床の間をそっくり作り替えたりと、施主の注文に一つ一つ応え、

「天井の化粧板まで張り替えたんだから、離れの雰囲気がまるっきり変わっちまいましたぜ」

そろそろ終わりに近づいたころ、提燈をかざし勝手口のほうへふらりと顔を出して言っていた。

その留吉が夜も更けてから大和屋の勝手口の板戸を叩いたのは、仕事最終日の十日目であった。無理な注文を期日内にやってのけたのだ。その間に、箕之助は外まわりで大中屋の噂をチラチラと耳にしていた。あるじの琴ヱ門は先代の地盤をそっくりひきついだものの、子供のころから一人息子として大事に育てられ、性格もおとなしく商家の跡取り息子

によくある女遊びや趣味の道楽に家を空けることもなく、他の商家が羨《うらや》むほど順当に育ったらしい。だが、商いを継ぐとなれば話は別だ。

「——琴ヱ門さん、大丈夫かなあ」

「——ま、あそこなら先代からのお得意さんもあることだし、普通にやっている分には店をかたむけることもありますまいよ」

町内の声は言っているのだ。琴ヱ門に対する印象から、箕之助にもそれはうかがわれた。

（まったくわたしとは、天と地ほどの差だなあ）

町の声を聞きながら、箕之助は思ったものである。乞食同然であった十代なかばのころ、もし蓬萊屋の仁兵衛に拾われなかったなら……それを思うと、箕之助はときおりゾッとすることがあるのだ。

「へへ、ごめんなすって」

勝手口をくぐると留吉は提燈の火を吹き消し、

「化粧なおしでもこけら落としの膳が出やしてね」

と、居間にいざなう箕之助にしたがいながら言い、祝儀にもらった一升徳利をほろ酔いながら大事そうに卓袱台の上に置いた。箕之助は朝から「きょうこけら落としでね」と当人から聞いていたので、おそらく帰りに寄るだろうと油皿の火を消さず志江ともども起きて待っていたのだ。こけらとは木屑《きくず》や鉋屑《かんなくず》のことでそれを落とすとは、仕事の終わりで、つまり落成を指している。

「さ、きょうはこれを点《つ》けやしょう」

と、留吉は卓袱台の前に腰を据えると、ふところから蠟燭を取り出した。相手は蠟燭問屋である。土産《みやげ》にもらったようだ。

「まあまあ、これは」

と、志江が燭台を出すと、部屋の中がいきなり明るくなった。

「日向さまや舞ちゃんも引きとめておけばよかったわね」

志江が言うのへ、

「へへ、寅の旦那はともかく、舞はよけいでさあ。旦那にはこれの残りを持って帰りゃあ大喜びしなさらあ」

連日不満たらたらだったのに、さすがは期限ぴたりのこけら落としとあっては機嫌がよさそうだった。

いつもの湯呑みにきょうは酒が注がれた。

「あのうわなりさん、きょうも来てやしてね。ほとんど毎日でしたぜ」

それを話したかったようだ。十日も家の奥で仕事をしていたのだから女中とも親しく言葉をかわすようになり、献残屋ならずとも、おもてに出ないような話をけっこう聞き込んだようだ。

「いったい、どんなお人なのですか？　そのうわなりさんて」

そこには箕之助よりも志江のほうが興味を持っていた。

「それがどういうか」

留吉は蠟燭の明かりに浮かぶ志江の顔に視線をやり、

「つまり、その、炎に映えて、そこはおんなじなんですが……違うんでさあ」

言いにくそうに言葉を濁す。

「どこが違うのですか？」

志江は自分が引き合いに出されていることに気づき、誘い水のつもりで語尾を上げた。

「つまり、その、やはり花街の出だからなんでしょうかねえ。そんな色気というか、そいつをただよわせてやがるんでさあ。あれじゃ無理ないかもしれねえ。つまり大中屋の琴ヱ門旦那、つい、その……ま、そんなとこなんでがしょうねえ。美樹さんとかいう名も、本名か源氏名かしらねえが、琴ヱ門旦那など、もう美樹、美樹なんて呼んで……」

「ほう、そんなにいい女ねえ」

　箕之助が笑いながら言ったのへ、

「おまえさん」

　志江が睨んだ。

「年経《としふ》ってからの女遊びは身を亡ぼすなんていうからねえ。生《き》まじめで順当な道を歩んで来た人ほど、そうなれば始末に負えぬともいうよ」

「それが大中屋さんの旦那さんていうことですか？」

　真剣な表情になった箕之助に、志江もまじめな顔をつくり、

「で、留吉さん。その美紀さんとかの風貌はともかく、先のご新造さん、お祐さんでしたねえ。そのお人はどうなったのですか？　すぐに後妻さんが入るなど、承知しているのかしら」

「そこ、そこなんでさあ」

　留吉は湯呑みの酒をぐいと呷《あお》り、身を乗り出した。自分の持って来た酒だから遠慮がない。空になった湯呑みに自分で徳利をかたむけ、

「あそこのお女中に聞いたのですが、大中屋の奥の女衆ばかりかおもての男衆も眉をひそめていやしたぜ。先のご新造に子がないもんで、養女をお貰いになっていたのはご存知で？」

「知っている。お糸《いと》ちゃんとかいう」

応じたのは箕之助である。志江ならずとも、箕之助も興味を持ちだしてきたようだ。お糸が今年十一歳でかわいらしい娘であることは、近辺で大中屋の噂を聞いているうちに耳にしていたのだ。

「それがね、そのお糸ちゃん。なんでも琴ヱ門旦那の親戚筋らしいんだけど、先のご新造が家を出なさるとき、自分も一緒に出ると泣いたらしいですよ」

「お祐さんとやらに、なついていたのですね。可哀想に」

志江が同情したように相槌を入れる。留吉はつづけた。

「それを先のご新造が、おまえはゆくゆくこの店を継ぐ身だから、この家に居なければなりませんと何度も言い聞かせ、ご新造のほうも泣く泣く大中屋を出なすったらしいですよ。え、実家ですかい。品川宿に近い豪農の出で、あのあたりの街道筋で荷運びや人足の手配も幅広くやってる家らしいですよ」

「えっ。そんなところの出なら、相応の気風《きっぷ》も持ち合わせているはずだ」

箕之助が思わず口を入れた。そういえば、近辺の噂のなかで、「大中屋さん。これから蠟燭の荷運び、どうなさるんだろうねえ」といった声も聞いた。仕入れのときには荷馬の数頭も繰り出し荷駄隊を組むことになる。それをすべて先妻の実家に頼っていたようだ。

しかも豪農というだけでなく、そうした家柄に育った女なら、幼いころより馬方や大八車の人足らに囲まれ、啖呵《たんか》の一つも切るほどの性格を秘めているかもしれない。かたや後妻のほうは花街の出で、留吉が話さなくとも海千山千のしたたかさを備えていることは容易に察せられる。

箕之助と志江は、あらためて顔を見合わせた。

「あゝ。奥向き、奥向き」

箕之助は自分に言い聞かせるように言い、酒の入った湯呑みを手に取った。

「そうでがすよ。あっしは十日もあそこの奥向きに入ってやしたんでさあ」

留吉がトンチンカンな返答をし、

「ですがね」

珍しく神妙な顔になった。

「その奥で、ときどきお糸ちゃんが仕事を見にきましてね。そのときの目はまるで悪事をとがめるような。そう、敵意をもってあっしを睨むんでさあ。無理もござんせんやね。親しんだ離れの間から、先のご新造の痕跡をまったく消し去るような普請だったんですからねえ」

「そお、そんなに」

志江は留吉がご祝儀にもらってきた徳利を見つめた。あしたから、お糸は一つ屋根の下で、新たに継母《ままはは》となった美樹と暮らすことになるのだ。

「収まるかしら」

志江はポツリと言った。まだ十一歳のお糸は後妻の美樹から目の敵《かたき》にされ、継子《ままこ》いじめをされるかもしれないのだ。その可能性はきわめて高い。

三

動きは、思わぬ方向から伝わってきた。

婚礼や新築があり、それが大振りの商家や高禄の武家であれば、そのあと決まってかなりの祝いの品が献残屋に換金のため持ちこまれるのだが、大中屋に今回そうした動きがなかったのは、大和屋にとってはかえってさいわいであった。

「――買い取りの要請があれば、まあそのときはおつき合いしなければならないだろうかねえ」

と、箕之助は志江と消極的に話していたのだ。もちろん大中屋が今回の婚儀をごく内輪に済ませたこともあろうが、それにしても献残屋に昆布の一束も持ちこまれなかったのは、町内や同業のなかでいかに不評だったかを物語っていよう。だが、評判の声もあった。

「――色っぽいねえ」

男も女も言っているのだ。しかし同時につけ加える言葉があった。

「――大中屋さん、あれに迷いなさったか」

である。


その色気たっぷりの美樹が増上寺門前町から田町一丁目の大中屋に入ってから、すでに数日を経ている。その日、太陽はかなりかたむいていたものの、沈むにはまだすこし間があった。

「大変、大変！　兄さんに知らせてやらなくっちゃ」

舞が大和屋の玄関口に飛びこんだ。箕之助は外まわりから戻り、帳場机に向かい大福帳を開いていた。

「どうしたね。街道で壊れた家でもあったかな」

帳場格子から舞に視線を投げた。裾《すそ》を乱し顔に汗を噴き出させている。田町八丁目の店から小走りに駈けてきたようだ。ひところの暑さはやわらいでいるものの、走ればやはり汗は出る。

「そんなことよりももっと大変！」

「まあまあ、どうしたんです。そんなに慌てて」

舞の声に、志江も帳場の板敷きに出てきた。

「それよりもうちの兄さん、まだ来ていない？」

「来るかどうか分からないけど、長屋に帰って誰もいなければ来るんじゃないの」

「あっ、そうだった。まだ早かったか」

やっと気がついたように言う舞に志江は、

「ともかく上がって汗を拭きなさいよ」

手をとり三和土から板敷きに引っ張り上げた。

台所で舞が志江に手伝ってもらい肩や胸のあたりも濡れ手拭でぬぐい、箕之助も大福帳に一段落つけ、

「かなり急いでいたようだが、日向の旦那はどうなされたね」

言いながら居間に入った。

「そう、それそれ。日向の旦那はまだ店だけど」

と、舞は自分で盆を持って卓袱台の前に座ったところだった。汗をあちこち拭いてさっ

ぱりしたようすである。

「品川宿から来たという馬方さんが縁台に座って話していたの」

座ろうとする箕之助に舞は言う。

「品川宿に馬方といえば、ひょっとすると、大中屋さんの先のご新造に関わることかね」

箕之助は返し、腰を据えた。

「さっきもちょっと聞いたけど、そうらしいのよ」

志江もそこに加わった。

「えっ、ほんとうか。そのご実家がなにか？」

「そう、それなんですよ」

「えっ、どういうこと！」

箕之助はお茶よりも舞に視線を据えた。

「その馬方さん。話していて分かったのだけど、たしかお祐さんていったよね。その実家の馬方さんだったのよ」

「ふむ。それで？」

「打ち込むんですって。お祐さんが大将になって大中屋さんに」

「うっ」

箕之助は声を上げた。

「そうなれば双方入り乱れ、兄さんがせっかく普請した離れのお座敷も、きっとめちゃくちゃにされるはずよ」

それで舞は留吉に知らせてやろうと思ったらしい。

「〝うわなり打ち〟ですよ、おまえさん」

志江が横合いから説明するように声を入れた。

「分かってる、そんなことは。それにしてもあれはお武家の……。しかもいまどき」

箕之助は絶句した。

それもそのはずで、まったく思いもよらぬことだったのだ。箕之助が絶句したように、うわなり打ちとは主に武家方にあった風習なのだ。それも鎌倉時代のころからの風習らしい。亭主が奥方を離縁し、そのあと独り身を何年もつづけたのなら大きな波風も立たないだろうが、先妻を追い出したあとすぐ、五日後とか十日後といったころに後妻を入れたりすれば、追い出された側の面子の立たないことこの上ないものとなる。ひと月くらいでももちろん面子は立たない。

なにしろ世は鎌倉期である。家で女の地位は高い。先妻は決まって親や親戚、それに一族の者を呼び集め、「この処理いかにするや」と相談することになる。顔に泥を塗られ、女としてこのままおめおめと引き下がることはできない。当然、親戚一同はいきり立ち、女の一分《いちぶん》を立てようと一家一門のほかにも手づるを頼って強そうな若い女を駆り集め、以前の婚家に打ち入ることになる。もちろん人数は家の大小や身分によって異なるが、少なくとも二、三十人か、多いときなら百人にも二百人にもなり、ちょっとしたいくさのようであったともいう。鎌倉期の当初なら死者も出たことであろう。それが〝うわなり打ち〟といわれ、騒動打ちとも女騒動ともいわれた。

その風習は室町の時代もつづき、さらに戦国を経て徳川が江戸に幕府を開き、世は太平となってもまだつづいていた。だが女騒動にも、不意打ちではなくいつのころからか作法《さほう》というものができ上がっていた。

まず打ち込む側から使者の女が立ち「こなた身に覚えがおありのはず。何月何日いつの刻に騒動つかまつるゆえご準備あれ」と口上を述べる。これを待女郎《まちじょろう》といった。受け手の側からも待女郎が出て「ごもっともの次第ゆえ、相心得てお待ち受けいたす」と口上を返す。いくさなら双方の名のり合いで、副将格の女がこれにあたる。もしこのとき受け手が「なにぶんともお詫び申し上げまするゆえ、騒動はお許し願いたい」などと詫びを入れたりすれば、今後その家で後妻の立場はなくなり、屋敷の使用人たちからも愚弄《ぐろう》され、身分すら危うくなるだろう。

それから双方とも相手方に探りを入れながら人数集めにかかるわけだが、このとき大事なのは、打ち入る側も守る側も男を入れてはならないという点である。もしそこに心得のある男が一人でも混じっていたなら、それこそ世間の物笑いとなること必定である。

さて当日だが、先妻はかならず駕籠に乗り、もちろん担ぎ手も女である。助勢の女たちは棒に木刀、竹刀《しない》といった得物を手に、括《くく》り袴《ばかま》にたすき掛けで髷《まげ》を下ろした乱れ髪に鉢巻《はちまき》を締め、徒歩で目指す屋敷に向かう。受け手の屋敷は門を八文字に開けておかねばならない。互いの人数が睨み合ったところで、ふたたび双方の待女郎が進み出て「いざ参らん」「参られよ」と口上を述べ、乱戦がはじまることになる。だが、女同士の戦いである。打ち込み方は正面玄関からなだれ込むのを遠慮し、台所口から乱入する。このとき屋敷の男どもは、あるじをはじめ用人も若党《わかとう》も中間《ちゅうげん》も隣家か親戚筋の屋敷に退散している。

台所口から乱入した寄せ手は鍋釜《なべかま》から障子《しょうじ》に襖《ふすま》、板戸、長持《ながもち》に箪笥《たんす》、果ては天井から壁までとさんざんに打ち壊し、当然勢い余って叩き合いになることもある。あわや入り乱れての叩き合い取っ組み合いとなる寸前を見計らって双方の待女郎が再度進み出《い》で、「思い知ったか」「天晴《あっぱ》れなる打ち込み」と口上を述べ、それが手打ちとなって打ち込み方は存分に暴れた屋敷を背に堂々と引き上げるのである。これで先妻は女の一分を立てたことになり、後妻は先妻の恨みを気にすることなく向後を暮らせることになる。

舞が言うには、

「——ほう、ほう」

と、田町八丁目の茶屋の縁台で寅治郎も興味を示していたらしい。舞は先妻の打ち込みは心情的に解しても、うわなり打ちという名があり、それが武家の古くからの風習で、そこには作法まであって騒動が世間から公然と認められていることは、寅治郎から聞いて初めて知ったことである。徳川将軍家も五代目となった元禄の世には滅多に見られない騒動とあれば、町家暮らしの若い舞が知らなくても無理はないだろう。舞は、

「——えっ、そんな大掛かりな」

と驚き、茶屋のあるじに話して急ぎ戻ってきた次第だったのだ。話した馬子は果たしてお祐の実家の雇われ人で、待女郎が立ったのはきのうで馬子や小作人の娘や女房衆にも動員令が下り、その馬子は女房衆に言われ、江戸府内に荷を運んだついでに三田一丁目の大中屋の前を偵察がてら馬を曳《ひ》いて歩いてきたというのである。戦いはもう始まっているのだ。打ち込みは五日後だという。

「あのね、舞ちゃん。実はあたし、以前やったことがあるのよ。打ち込み方のほうに加わって」

卓袱台を囲んだなかに、不意に志江が言った。

「えっ」

と、これには箕之助も驚いた。志江は武家屋敷での腰元時代にいい思い出はなく、献残屋の商いに関すること以外はあまり話していなかった。それも、志江の出自《しゅつじ》が葛飾郡《かつしかごおり》の貧しい農家で、かつ美形だったせいでもある。舞もうりざね顔で鼻の容《かたち》が愛らしく、志江に負けず劣らず美形で茶屋に出ており、それゆえにある高禄の武家屋敷に召し出され、生身の献残物にされかかったことがある。それを蓬萊屋時代の箕之助が奥向きに足を入れて察知し、仁兵衛はもちろん茶屋の用心棒であった日向寅治郎に兄の留吉らが一丸となり、その武家を叩き潰し改易《かいえき》に追いこんだことがある。そのとき屋敷内で手引きをしたのが腰元の志江だったのだ。

箕之助が芝三丁目に大和屋の暖簾を出してからそこに出入りする面々には、こうした隠れた経緯《いきさつ》がある。だからであろう、その後も箕之助が商いの上でついいずれかの奥向きに踏み入り、知らぬ間にこの面々がまた秘かに奔走しても、それが表面に出ることはないのである。寅治郎はともかく、留吉も舞も似た性格でときには先走ろうとし、それがいまではかえって志江の頭痛の種ともなっている。

いまも舞は志江が不意に言ったのへ、

「わっ、ほんとう！　で、どうだった。ねえ」

俄然、身を乗り出した。

それは志江がいまの舞とおなじくらいで、二十歳になるかならないかのころであった。だからもう十年ほども前になろうか。奉公する屋敷の縁戚からうわなり打ちが出ることになり、腰元たちが動員をかけられ括り袴に鉢巻、たすき掛けで出陣したのだ。打ち込んだ先は四ツ谷御門内の屋敷だった。町家の往還を進むときには町奉行所の役人が出張って沿道を目立たぬように隊列とともに歩み、武家地に入れば江戸城の目付《めつけ》の手の者が屋敷までついてきて、打ち込みが終わるまで外で待っていたという。

「きっとあれはね、町奉行所のお役人は途中で列に妨害が入らないようにそれとなく見張り、お目付のほうは騒動が他に飛び火しないよう見張っていたのよ」

「わあ。まわりはみんな打ち込みのほうに味方してるんだ。そんならあたし、先妻さんのほうに加わりたい」

志江がつづけた言葉に舞はすかさずつないだ。さらに志江が、

「あのときねえ、他家とはいえお屋敷の中で手当たりしだい叩き壊すなんて滅多にできないじゃない。それが存分にできたのだから身も心もスカッとして」

などと言ったものだから、

「あたし、絶対に行く」

舞はさらに目を輝かせた。これにはさすがに志江はたしなめる口調になり、

「よしなさいよ。あたしたちには関係ないことなのだから」

「そういうことだ」

箕之助もつけ加えた。

「でもお」

不服そうに舞は返し、

「あっ、そうだ。品川宿から三田までならきっと田町の街道を通るはず。あたし、みんなに言って隊列の人たちにお茶をふるまう」

声に勢いを戻したときだった。

「おっ、この草履。舞のやつ、もう来てやがったのか。それよりも箕之助旦那、聞いておりやせんかい」

玄関に声が立ち、上がれと言う前にもう廊下に足音が響いた。留吉である。腰切半纏を肩に引っかけている。

「留吉さん。聞いているかって、ひょっとしたらうわなり打ちのこと？」

居間に留吉が入るなり志江が逆に問いかけた。

「えっ、やっぱり聞いてなさったか。それに舞、おめえ早いじゃねえか」

言う留吉に箕之助は、

「まあ、座りなさいよ」

座を手で示し、

「舞ちゃんは留さんの仕事を心配してねえ」

と、舞が駈けこんできた理由《わけ》を手短に話した。

「おっ、たまには舞もいいこと聞いてくるじゃねえか。そう、そのうわなり打ちのことでさあ。箕之助旦那がなにか聞いていなさらねえかと思って来たんだが、やっぱりほんとうだったんですねえ」

留吉は確かめるような口調で言い、

「いえね、増上寺門前の一帯でもけっこう評判になってるんでさあ。きょう初めて聞いたんですがね。大中屋のうわなりの美樹さん、女中を二人つれていきなりあっしの普請場の前を通りかかったもんで。あれっと思って、つい声をかけちまったのがいけなかったのでさあ」

酒も入っていないのに饒舌に喋りはじめた。

「――あら、大工の留吉さん」

と、美樹は足をとめたらしい。五日後の打ち込みに備え、ついこの前までのお仲間をまわって助っ人を集めているのだった。

「——あの離れの座敷、向こうの女どもにめちゃめちゃにされちまうよ。せっかくあんたに手を入れてもらい、あたしも気に入ってたのにさあ」

と、留吉はもちろん、あのとき普請にかかわった左官や指物師たちに女房や姉妹がいたら声をかけてくれないかと、

「頼まれちまったんでさあ」

志江に視線を向け、舞にも、

「おめえ」

と身を乗り出したとたん、舞は、

「冗談じゃない。あたしは逆に先妻さんのほうに」

二人は大和屋の居間で言い争いになりかけ、

「まあまあ、二人とも」

箕之助が割って入った。

「そんなのに関わるんじゃないよ」

箕之助にきつく言われ、留吉は頭を抱えこんでしまった。大中屋が荒らされればあとで

修繕に入り、また手間賃が稼げるかもしれないが、普請したばかりの部屋まで打ち込まれるのは職人気質が許さないのであろう。受け手の人数が寄せ手より勝《まさ》っておれば什器《じゆうき》備品や家屋への被害を最小限に防ぐこともできようが、逆ならそれだけ打ち壊されるものが増えることになる。

寅治郎が大和屋に顔を出したのは、

「それは分かるけどねえ」

と、志江が留吉をなだめているときだった。外はそろそろ日暮れようとしていた。寅治郎は部屋の中で例のうわなり打ちが話題になっていることを察し、

「舞がいきなり走って帰るものだからまわりの女たちが不思議がり、それからたちまちうわなり打ちがあの界隈でも評判になってしまったぞ」

腰を下ろしながら言った。

「旦那！　とめる手段《てだて》はありやせんかい」

こんどは寅治郎のほうへ留吉は身を乗り出した。

「フフ……フフ、フ」

寅治郎は困った表情になって苦笑いを洩らし、周囲もついつられ声を上げて笑ってしまった。辻斬りを一太刀で斃《たお》した豪《ごう》の者でも、こたびばかりは女の戦いであり手も足も出な

いのである。留吉もそのあまりにもの差に、苦笑いの態にならざるを得なかった。

四

箕之助は外まわりに出た。足は自然、三田のほうに向く。居間で寅治郎らと苦笑いをしてから三日がたつ。この間、箕之助は毎日三田一丁目の付近を歩いていた。いま大中屋と取引があって志江が助っ人を頼まれたわけではない。

だが、気になるのだ。打ち込みまで、あと二日である。

うわなりの美樹が助勢集めに奔走したと思われるのは、留吉まで頼まれたように待女郎の口上があった翌日のみであった。箕之助が三田界隈を歩いて耳にしたところでは、もちろんその後も美樹は大中屋の近辺を精力的にまわり、大和屋にもときおり顔を出す蠟燭の流れ買いなど大中屋出入りの出商いの者にも声をかけていた。

（そこがおかしい）

のだ。蠟燭の流れ買いはともかく、親戚縁者でもない近所の者に助勢を頼むなど、お門《かど》違《ちが》いである。だがうわなりの美樹はそれをやっている。しかも頼み方がサラリとしてしつこくないという。

「――見直したよ。見上げたもんだねえ」

町内の女たちは言っているのだ。先妻のお祐なら、出自《しゅつじ》からも助勢には立ちどころに屈強な百姓女に馬子の女房たちが幾十人と集まるだろう。人数集めに苦労はない。だがうわなりの美樹は花街上がりとあっては近所どころかお江戸に親類縁者はなかろう。増上寺門前町の元のお仲間に声をかけてもそう数はそろうまい。そろったところで媚を売るのが商売の女たちであっては、三味線のバチさばきは心得ていても竹刀や木刀を振りかざしての立ち回りなど不得手のはずだ。最初から劣勢なのは目に見えている。

「――だから恥を忍んで、近所に助っ人を頼んでいるのかねえ」

町内は噂し、

「――しつこくないのは、近所に迷惑をかけたくないからなんだろうかねえ。花街上がりとはいえ、健気《けなげ》じゃないか」

言っているのである。もっとも町内はうわなりの美樹より先妻のお祐とのほうが結びつきは断然強い。

（加担するならお祐さんに）

内心思っているはずである。

（それを美樹さんとやらは知っていなさる）

箕之助には思えてくる。思いながら、大中屋の前を歩いた。中ではあるじの琴ヱ門をはじめ番頭から丁稚まで、男どもはただオロオロしていることだろう。うわなり打ちばかりは手の出しようがないのだ。当日は女だけを家に残し、男どもはいずれかへ退散しておかなければならない。それが作法であり、先妻の一分は立つものの、離縁した側はその分、男を下げなければならないのである。そうしたうわなり打ちを仕掛けられることになり、三年子なきの理由はあったものの、つい柄にもなく花街に深入りしてしまい、美樹の色香に埋没したことをいまさらながらに後悔しているかもしれない。

一方の美樹は琴ヱ門を与《くみ》しやすいと見たのか、脂粉の香のなかに肢体と言葉を弄《ろう》し巧みに口説いたはずである。水茶屋の女から大店のご新造へ、そう簡単に得られる座ではない。

美樹はいま明らかな劣勢のなかに、

(なにを考えているのだろう)

劣勢を逆に機会と捉えてもおかしくはない。海千山千の女なら、そう見ないほうがおかしい。それの一つが、

(劣勢のなかに健気さを演出することか)

それももちろんあろう。だが、それだけでは物足りなさすぎる。

大中屋の前を通り過ぎた。

振り返った。

(ならば、いったいなにを)

思いをめぐらし、

(いかん)

いくぶん反省の気分になり、あらためて歩を進めた。やはり因果な商売である。考えなくてもいい奥向きが、つい気になってしまうのだ。

街道の札ノ辻から三田への往還に入ったため、足の向いている先は自然赤羽橋となる。

(仁兵衛旦那に話すほどのことでもあるまい)

枝道にそれた。蓬萊屋からもこのことについては、助勢を頼まれたともなんとも言ってきていないのだ。

往還の西側一帯は武家地である。その白壁に囲まれた道を南に下ればふたたび町家を経て街道に出る。昼間でも人通りのない武家地を歩けば、町家の者にとっては一瞬世俗を離れたような気分にもなる。

だがいま、町家に高まっている噂は白壁の中にも伝わり、広い庭の奥の住人たちは苦々しい思いになっているに違いない。その思いは、いま町衆が噂し合っているのと対をなしている。

三田一丁目の町役の一人が言っていた。

「――愉快じゃないかね。大いにやってもらいたいものだ」

先妻のお袮を応援しているのでもなければ、もちろん無責任におもしろがっているわけでもない。うわなり打ちが本来は武家の女の意地を示すものであってみれば、天下泰平の元禄の世となって二本差しが本来の気概を失い、その妻女らもかつての気風を忘れ、もう見ることはないのではないかと思われている。それを町家の者がやろうというのである。そこが〝愉快〟なのである。だからいっそう、かつて何百人という大人数が入り乱れた女騒動よりも、こたび何十人動くか分からない町家の騒動に、人は興味を示し注目しているのである。

（ならばなおさら。美樹とやらは、手をこまねいているはずはないのではないか）

白壁の往還に歩を進めながら、ふたたび思いが込み上げてくるのを箕之助は禁じ得なかった。

店に帰り、その懸念を志江に洩らすと、いつもなら手綱の締め役になるのに珍しく、

「あたしも」

と、表情を曇らせた。

だが、志江の脳裡にあるのは箕之助のように漠然としたものではなく、お糸の身の上に絞られていた。まだ子供だからといって養父の琴ヱ門が手を引き一緒にいずれかへ退散しておればよいのだが、美樹が十一歳とはいえ歴とした大中屋の女だからなどと口実を設け、離れの座敷にでも引きとめたなら問題だ。寄せ手の女たちはここぞとばかりに大暴れするだろう。人数を恃《たの》んで離れにも乱入することは目に見えている。あるいはそこが最も集中的に打ち壊されるかもしれない。

「あたしが美樹さんの立場で性悪《しょうわる》女なら」

志江は言う。

「お祐さんに衝撃を与えるため、お糸ちゃんをけしかけ、無理やり木刀でも持たせお祐さんの前に押し出しますよ」

自分を慈《いつく》しんでくれた先の養母に立ち向かわねばならないなど、お糸にとっても衝撃であろう。事情を知らない寄せ手の女たちがお糸に竹刀か木刀で打ちかかるかもしれない。お祐の目の前でお糸は悲鳴を上げ、双方入り乱れるなか美樹はさらにお糸を押し出すだろう。悲劇というほかはない。

志江は、そこまで脳裡に走らせていたのである。

その日の夕刻、舞が大和屋に立ち寄るころ、増上寺門前町での仕事を終えた留吉も顔を見せた。

舞がうわなり打ちの評判がますます街道筋でも高まっていることを興奮気味に話せば、留吉は、

「増上寺門前でもおなじでさあ。なにしろあそこはうわなりさんの出身地でやすからねえ。二十人ほどの綺麗どころが助っ人に出るらしいですぜ。でも少なすぎまさあ」

と、美樹に加担するような口調で言う。もちろんうわなりの肩を持っているわけではないが、やはり離れ座敷の造作が気になるのだ。

「そりゃあ分かりますよ」

志江はまた言った。

「えっ」

と、志江のもの分かりのよさに留吉のほうが驚いた。

このあと、志江を中心に四人は鳩首《きゅうしゅ》のかたちとなった。

志江の言い出したことにまず留吉が、

「そりゃあいいかもしれねえ」

声を上げ、箕之助もいささか心配だが賛成した。舞は不承不承といった表情だったが、

志江に頼まれ留吉からも「そうせい」と言われようやく首をたてに振った。

なんと美樹に助勢を申し出て、志江と舞が大中屋の中に入ろうというのである。申し出れば、美樹は喜びこそすれよもや断ることはあるまい。向後献残品があればよろしくと述べ、蠟燭の流れ買いからも助勢を頼まれたからといえば、口実はまったく自然なものとなろう。もちろん志江の思惑は、最悪の場合を考え美樹がお糸の背を押し出すようなことがあれば、割って入ってそこが悲劇の場になるのを防ごうというところにある。

一方留吉にすれば、志江と舞が離れ座敷に陣取り、天井も壁も丸窓もそれに廊下の羽目板も、できるだけ被害から護ってもらいたいとの思いである。自分が現場に出られないのが、留吉にはじれったいのだ。箕之助は箕之助で、二人が騒動の現場に居合わせれば、もし美樹がなにごとかを考えていたならその一端が分かるかもしれないなどと考えている。

「あまり力まぬようにな」

「分かっていますよ」

と、いつもと違い箕之助が店に残り志江が外まわりに出たのは、翌日の午前《ひるまえ》であった。打ち込みはあしたの午後である。女ばかりの騒動であるなら、その前段階に動くのもまた女でなければならないのだ。

箕之助は帳場に座り、志江の帰りを待った。心配はともなうが、果し合いの助太刀をしようというのではない。舞も気の進まぬ側に立つのだから、その気になって打ち込み、本気の騒動への導火線になることはあるまい。

外は日傘を差している女もいるが、陽射しはひところのように刺すほどではない。ほこり避《よ》けに頭に載せた手拭を志江は大中屋の前ではずし、敷居をまたいだ。店はどこでも男ばかりである。平静を装おうとしているが、どことなく落ち着きのないのが感じ取れる。大和屋のご新造が美樹への助っ人に来たと聞いて琴ヱ門は無邪気に喜び、すぐ奥に通してくれた。志江は琴ヱ門とも初対面であったが、

（なんと柔和な顔をして罪つくりな）

感じると同時に、若いころをまじめに過ごした男ほど中年になってからの女狂いは始末に負えないという、世間一般の通り相場が分かるような気にもなった。

奥は慌しかった。女中たちが姉さんかぶりにたすき掛けで立ち働き、高価な飾り物や屏風、大事な小間物類をかたづけているのだ。簞笥や長持などはそのままだが、中身は取り出し廊下に運んでいる。隣家にでも一時預けるのだろう。打ち壊されるものを屋内に残しておかねばならないのだ。寄せ手が踏み込んだとき、家の中が壊すものもなくガランとしていたのでは、かえって怒りと興奮を誘って壁や天井が打ち壊され、被害がむしろ甚大《じんだい》に

なるからである。十年ばかり前に志江が寄せ手の一員として四ツ谷御門内の武家屋敷に踏み込んだときもそうだった。そのあたりの間合いを美樹はいずれかから聞き、ほどよい〝戦場〟の準備をしているのだろう。

その合間を縫うように美樹は志江を迎えた。奥の間だったが、離れの座敷ではなかった。

(立てこんでいるのかもしれない)

と、そのとき志江は思った。

戦場準備の差配はお祐に仕えていた以前からの女中がしているが、美樹のかたわらには増上寺門前町からついてきた年増の女中がついていた。待女郎になって打ち込み方の口上を受けたのもこの女である。おキヌ、と美樹は紹介した。老境の手前だが若いころは座敷に出ていたのであろう、人扱いの上手そうな柔和さが感じられる。もちろん志江は美樹とも初対面である。

(なるほど)

思えてくる。顔と容姿ばかりではない。首筋にも肩にも、立ち振る舞いのすべてに色っぽさを漂わせているのだ。

(とてもあたしや舞ちゃんには真似できない)

ほどである。だがそこに海千山千のいやらしさを感じるのは、女の嫉妬《しっと》といったようなものではない。献残屋の女房だからである。それを志江は、おキヌにも感じた。おキヌもまた、花街から堅気《かたぎ》の家に終《つい》の棲家《すみか》を得た女ということになろうか。志江が美樹と話した時間は短かった。


帰ってきた。

「どうだった」

箕之助は帳場格子の奥で腰を浮かせた。

「やはりねえ、いい女でござんしたよ」

美樹と対面したあとだったからか、志江はわざと伝法《でんぽう》な口調をつくり、帳場格子の横に腰を下ろした。まだ夏は過ぎておらず、玄関の腰高障子も開け放したままだが、使用人もおらず、客が頻繁に来るわけでもない。通りからは、夫婦が仕事の話をしているようにしか見えないだろう。

「やはりねえ、おかしいですよ」

志江は言った。

「どのように」

箕之助は志江を凝視したまま言う。心中には、やはり……との思いがある。

「あたしが困るほど大歓迎されるかと思っていたら、その逆だったのですよ」

「え？　どういうことだ」

「断られはしなかったのですけど、すくなくとも喜んではいませんでした。留吉さんの思いもあることだし、あたしがあしたは離れの間に陣取りましょうかと言うと、美樹さん、どういうわけかいきなり顔の前で手をひらひらと振るのですよ」

断りの仕草である。

「——助勢はほかにもあって、すでに配置は決めておりますれば、大和屋さんともう一人の若い方は、そう、この家の女衆の一群に加わっていただき、このあたりに陣取っていただきましょうか」

と、言ったというのである。

(部外者の助っ人が、離れの座敷に入ることを避けている)

とっさに志江は感じたのだ。

「ふむ、そりゃおかしいなあ。で、おまえが気にしていたお糸ちゃんはどうした。奥にいたのか」

「それが」

志江は言葉を濁した。美樹は、曖昧《あいまい》にしか応えなかったのだという。志江がお糸ちゃんはどうしているかと訊くと、

「――奥、奥で休ませています」

と、美樹はすこし狼狽の態になったというのだ。

「つまり、お糸ちゃんに会えなかったのか」

「えゝ、それだけではありませんよ。まるであたしが余計な申し出をしに行ったみたいで……。もっとも旦那の琴ヱ門さんたちは、帰りもありがたそうに見送ってくれましたが」

「ふーむ」

箕之助は腕を組んだ。

「あら、きょうは夫婦おそろいで。そうそう、志江さん。あした、みんな三田一丁目に行くって。あたしも楽しみにしているのよ」

近所の荒物屋のおかみさんが買い物の途中か、玄関口に顔をのぞかせすぐ立ち去った。

「見物もいいが、裏でなにがうごめいているのか、ますます気になるなあ」

「えゝ」

箕之助が何気なく言ったのへ、志江は心配げに返した。

夕刻、寅治郎が舞と一緒に戻ってきた。打ち込みがいよいよあしたとなり、舞はますます不機嫌な顔になっている。留吉もすこし遅れて顔をそろえた。志江が、昼間大中屋へ助勢を申し出に行ったときのようすを話すと、

「うーむ、なにか奇策でも考えておるのかのう」

寅治郎は首をかしげ、

「それにしても妙だな。うわなり打ちといえば、ただキャーキャーワーワーと騒ぎ、適当なところで手打ちになるのが古来からのしきたりだ。双方ともそこに奇策など必要あるまいに」

と、あまり考えたくもないような口ぶりで言った。留吉はまだ困ったような顔をしている。

「だから、なおさら気になるのじゃありませんか」

志江は寅治郎の言葉に、かえって疑念を募らせたようだ。箕之助も、

「そうかもしれない」

と、やはり懸念を深めた。

「いいじゃないですか、離れなど放っておけば」

舞が横合いから言うと、

「なに言ってやがる。あの離れはなあ」

「あら。あたし、兄さんのために行くんじゃないからねえ」

「なにを！」

「まあ、まあ」

口げんかになりかけたのへ箕之助がまた割って入った。

「ともかくあした、離れの座敷、なんとか頼みますぜ」

留吉は締めくくるように志江へ顔を向けた。

五

当日である。朝から舞はいつもどおり田町八丁目の茶屋に出た。

両隣も向かいも、そのまた隣の店も、仕事仲間の茶汲み女たちは前掛をかけるのもそこそこに、

「ねえねえ、きょうじゃない。品川宿のほうから三田へだから、きっとこの街道、通るはずよ」

「見たい、見たい」

「あたしもついて行って、一緒に打ち込みやってこようかしら」

「そうそう、それっていいみたい。あたしもそこの竹ぼうき持って」

などとてんでに話し合っている。打ち込みが昼八ツ（およそ午後二時）であることもすでに知れわたっている。だとすれば、括り袴に鉢巻の一行が街道を通るのは午過《ひる》ぎということになる。

沿道の縁台に、これから旅に出るといった旅姿の客がチラホラと座っている。女たちの話しているのを聞き、

「あゝ、あの三田のうわなり打ち、きょうだったか。見られないのが残念だねえ」

と湯呑みを口にあて、腰を上げ品川宿のほうへ歩んで行く。

そこへ舞が、茶屋のあるじに午後は暇をとっていることが周囲に知れわたると、

「あっ、ズルイ。舞ちゃん、まさか一人で三田へ見に行こうってんじゃ」

「そんなんじゃないよ」

言うお仲間に舞はしきりに否定していた。

周囲は、大中屋はおろかお祐も美樹も知らないものの、うわなりが花街の出であることは知られているのか、ほとんどが先妻方に同情的である。それに加え、

「――なんでもうわなりさんのお仲間で、綺麗どころが何十人も大挙して守りに助っ人す

るっていうぞ」

「——おっ、そりゃあ見に行きてえ」

などと町の男どもが噂し合っているとあっては、女たちはいっそう後妻側に反感めいたものを募らせる。

舞にすればそのような雰囲気のなかで、「あたし、後妻さんにお味方するの」などと言えたものではない。

「そう、舞は他に大事な用があってのう」

寅治郎が助け船を入れた。周囲は寅治郎が舞とおなじ長屋に住んでいることを知っている。その寅治郎が言う分には、周囲も疑念をはさむものではない。

すっかり昇った太陽はすでに中天に差しかかろうとしている。午が近づいているのだ。

「ではあたし、そろそろ」

舞は茶屋の奥で前掛をはずした。札ノ辻で志江と待ち合わせているのだ。

街道のながれはいつもとおなじである。大八車が車輪のきしむ音を立てれば、辻駕籠がかけ声とともに土ぼこりを上げてその脇を走り抜け、町家の者や大きな風呂敷包みを背負った行商の者が行き交い、供を従えた武士が通れば町人はちょいと脇によけている。

そうした往還に茶屋の女たちは縁台に座った客へ茶を運ぶたびに伸びをし、品川宿の方向に目をやっている。いずれも落ち着かないようすだ。うわなり打ちの隊列が来るのを待っているのだ。主将である先妻のみが駕籠に乗り、あとはいずれも徒歩という往時の作法も、町家の隠居あたりが知っていて流布《るふ》されている。なかには湯屋で作法の講釈をする者までいた。

そこが東海道であれば大名行列は多く、沿道の者にも往来人にとっても迷惑この上ない。長い列が通り過ぎるまで往還の隅により、すぐ向かいに用事があっても横切ることはできず、道を急いでいても追い越すことなどできず、脇道に入って前に出る以外にない。

だがいま、沿道の誰もが行列を待っている。茶屋のあるじたちまでがときおり往還に出てきては茶汲み女に「まだ来んか」などと訊いていた。

「舞ちゃん、せっかくいい見物《みもの》があるっていうのに帰ってしまって」

「そうそう。あした話してやろう」

寅治郎が座っている近くで女たちが言っている。寅治郎は相変わらずときたま茶屋を替え、縁台に腰かけて道行く人なみをながめているのだ。

街道に動く人の影が短い。太陽が中天にさしかかったようだ。

「こっち、こっち」

札ノ辻に立っていた志江が声を上げた。

「お姐さん、待った」

舞が手を振っている志江に気づき、小走りになった。足元から土ぼこりが舞い上がる。

二人は札ノ辻で待ち合わせていたのだ。助勢は午刻《うまのこく》（正午）に大中屋へ参集することになっている。

「もう、皆さん集まっているかしらねえ」

「寄せ手のお人ら、どのくらいかしら」

歩きながら話す舞の声はきのうと変わり、いくぶん弾んでいた。受け手に立つのは不満だが、竹刀や木刀を手に振り回せるのが楽しいのかもしれない。

大中屋の前にはもう何人か野次馬が集まっている。店は朝から営業を停止し暖簾も出していないが、大戸は上げたままで腰高障子も開け放され、中に人の姿はなくガランとし、いつもより広く感じる。貴重な商品は帳簿類とともにいずれかへ運び出すか仕舞いこんだのであろう。志江と舞は目立たぬようにサッと路地に入り、勝手口から中に入った。

太陽がわずかに中天を過ぎたころだった。

「あっ、あれ！」

「そう！　間違いない。来た来た」

寅治郎の座っている周辺の女たちが声を上げた。同時に周囲がざわつきはじめる。

「どれどれ、来たか」

茶屋のあるじたちもおもてに出てきた。

来た。総勢五十人ほどか。女ばかり、色とりどりの括り袴に草鞋《わらじ》を結び肩にはたすきを掛け、いずれも髷《まげ》を解き、乱れ髪にして白鉢巻をきりりと締めている。さすがにどれも強く屈強そうに見える。それらが木刀に竹刀はもちろん鍬《くわ》の柄《え》から天秤棒まで、思い思いの得物を小脇に粛々《しゅくしゅく》と進んでいる。

作法どおりか一挺の駕籠が隊列の中ほどを進み、権門《けんもん》駕籠などではなく垂《たれ》付《つ》きだが町駕籠なのが沿道の庶民には親しみが持てる。担ぎ棒も屈強な女ばかりの四枚肩《しまいかた》である。

街道の往来人たちは、何事かと驚いている者もいるが、大八車も荷馬も一様に脇へより道を開ける。子供が数人、嬉しそうに駕籠のまわりを跳ねながら一緒に歩いている。右からも左からも見ようとするのか隊列の前を急いで横切る者もおれば、列のうしろには早くも十数人の野次馬らしき男女がぞろぞろとつづいている。この数は札ノ辻あたりになればさらに増え、いずれも三田一丁目の大中屋までついて行き、普段は東海道にくらべ人通りの少ない脇道は時ならぬ賑わいとなることだろう。

「がんばってーっ」

「存分になあっ」

沿道から黄色い声やダミ声が飛ぶ。

隊列は寅治郎の座る茶屋の前を通り過ぎた。

「ねえ旦那。この騒動ばかりは旦那といえど加われませんねえ」

すぐそばで頼もしそうに寅治郎を見つめていた女が愉快そうに言う。

「ふむ」

頷いた。周囲はまだ隊列のうしろ姿を見送っていたが、寅治郎はもう視線を街道の往来人に移していた。


大中屋の奥では、志江と舞が勝手口から急ぎ入ったときには、きょう集まる人数は二人をのぞきもう全員そろっていた。増上寺門前町からきた女たちが二十人ほどに、蠟燭の流れ買いなど出入りの者の女房や娘たちが十人ばかり、それに大中屋の女中が四人、そこへ志江と舞が加わっても、明らかに劣勢である。それに、出入り筋の女房や娘たちはいかにも不承不承といったようすで、大中屋の女中たちは困惑顔を崩していない。括り袴の門前町筋の女たちとは互いに一線を画し、それぞれ括り袴ではなく着物のままだが鉢巻とたすきは掛け、抗戦の姿をととのえているものの全体にまとまりがない。門前町筋の女衆を束ねているのは、美樹と一緒に大中屋に入ったキヌのようだ。志江はお糸の姿を求めたがどこにも見当たらなかった。ホッとしたものを感じた。

部屋には握り飯が用意されていた。どこから調達したのか、竹箒や棒切れだけでなく竹刀や木刀もそろっている。腹ごしらえをする前に、美樹がそれぞれの配置を話しはじめた。志江は美樹に注目した。きのうとおなじものを感じた。離れ座敷と渡り廊下の付近は門前町筋が守り、出入り筋と女中たちは母屋を守るというものであった。互いに本気で打ち合うわけではないから人数の配置はそれほど関係ないものの、母屋のほうがあまりにも手薄で、対手《あいて》方の打ち壊しに任せるより他はないといった感じである。さらに美樹は言った。

「いかに乱戦となっても、それぞれ持ち場を離れませぬように」

念を押すような、きつい口調であった。

「離れになにか大事なものでもしまってあるのかねえ」

出入り筋の女の一人が呟くように言ったが、志江には、

(まるで離れにあたしたちを入れないようにしている)

そう感じられた。

そうしたなかに、大中屋の女中たちは困惑の表情をまだ崩さず、互いに顔を見合わせ、なにやら心配事を抱えているようなようすでもあった。

握り飯の中食《ちゅうじき》がはじまった。具が豊富で豪華な握り飯だった。

座は自然に門前町筋と出入り筋に女中衆とがそれぞれに固まり、部屋まで違えた。志江は舞をうながし女中たちの輪に入った。女中たちとはきのう申し入れに来たとき、すでに顔見知りになっている。

志江はそのなかの女中頭《かしら》であろうか、一番年嵩《としかさ》と見える者に訊ねた。

「お糸ちゃんは旦那さまと一緒に、どこか安全なところへでも？」

年嵩の女中が返した答えは意外であった。これには、

「えっ」

舞まで低く声を上げた。美樹はやはり、琴ヱ門に「お糸は大中屋の女です」と言い立て、家の中に残したというのである。それが見当たらない。

午前中、男衆が売り物の蠟燭や帳簿類を大八車で運び出し、あるじの琴ヱ門ともども増上寺門前町からの女衆と入れ替わるようにいずれかへ退散したあと、奥向きに動きがあったのだ。

お糸が急に熱を出し寝こんだというのである。美樹に言われ年嵩の女中はすぐ隣町の三田二丁目に走った。左右善の療治処である。だがいたのはセイだけだった。左右善は朝早くに、増上寺門前町の水茶屋から急病人が出たのですぐ来て欲しいと知らせる者があって辻駕籠で出かけたというのだ。

金杉橋向こうから往診の依頼があっても不思議はない。品川宿からも往診の依頼がくる左右善である。とくに赤羽橋での一件以来、左右善の名は金杉橋向こうにも存分に知られるところとなっているのだ。

出かけた左右善はいつ帰るか分からず、

「――うちの先生が帰りしだい、大中屋さんに連絡しますから」

セイは困惑しながら言う以外になく、年嵩の女中が店にとって返し、お糸を見舞おうとすると、

「――いまは安静が必要です。あたしとキヌさんで診ていますから、あなたは早く台所でお握りの準備にかかってください」

と、美樹からきつく言われたというのである。

年嵩の女中は美樹に、お糸を隣家にでも預けるよう話したが、

「――いま動かすのはかえって危険です。静かに寝かしておくのが一番です」

と、取り合ってもらえなかったというのだ。

女中が低声《こごえ》で話し終わると、

「だから離れのほうに人数を割《さ》いたのかしら」

もう一人の女中が心配げにつないだ。お糸はいま、離れの座敷に寝かされているのだ。重態なら、それも一応理にかなっているといえるかもしれない。だが、以前から大中屋にいた四人の女中たちは、けさから一度もお糸を見ていないのだ。心配にならざるを得ないだろう。

「あたしが強引に見に行ってみましょうか。離れのお座敷がどんな風になっているかも見てみたいし」

舞の言った声が聞こえたのか、

「もうそろそろです。早く食事をすませ、どなたか一人、札ノ辻まで物見《ものみ》に行ってください」

キヌの甲高い声が飛んできた。舞が強引に離れを見に行こうとすれば、打ち込みがある前に内輪揉めを起こしそうな雰囲気であった。志江はそっと舞の袖を引いた。

まだお握りをほおばりながら女中の一人が立ったのは、座に瞬時の緊張と沈黙がながれてからであった。さすがにその女中は外へ出るのにたすきと鉢巻ははずしふところにしまいこんだ。

それがすぐに息せき切って戻ってきた。

「来ました！　札ノ辻を過ぎていまこっちへ。もう店の前には大勢の野次馬が！」

屋内の女たちは一斉に立ち上がった。

ほとんど同時だった。路地側の勝手口の板戸が激しく音を立てた。

「うちの先生、帰ってきました。いまおつれしました！」

セイの声だった。離れへの廊下で美樹とキヌは頷き合い、キヌが慌てたように中庭へ走った。志江たちの陣取っている部屋からも見える。板戸が開き、薬籠を抱えたセイの背後に、たしかに左右善の姿が見えた。朝早くに呼ばれた増上寺門前町から戻ってくるなりセイから話を聞いて駈けつけたのだろう。キヌが押し問答をはじめたようだ。声は聞こえないが、察しはつく。

「いま、かような状態で取り込んでおります。のちほどこちらから連絡しますから」

「なにを言う。急病というではないか」

「はい。ですがご覧のとおりです。収まれば至急こちらから連絡しますから」

キヌは左右善と薬籠持のセイを押し戻すように板戸を閉めた。左右善もうわなり打ちの噂は聞いているはずだし、いましがたおもてのざわつきを目の当たりにもしている。左右善は迷った。キヌの言うことは理にかなっているのだ。女騒動のときには、男は何人《なんぴと》といえど現場に入れてはならないのである。左右善は引き下がらねばならなかった。

おもてのざわめきが一段と高まったようだ。屋内にもそれは伝わってくる。うわなり打ちの隊列が大中屋の門前にそろったのだ。

「よろしいか、かたがた」

美樹の声に、キヌが竹刀を手におもて玄関に向かった。待女郎である。付き人のように門前町筋の女が二人それに従った。いずれも白だすきに白鉢巻と統一が取れている。おもてのざわめきが波打った。お祐が駕籠から出たのだ。黄色い声援が飛んでいるのは、かつてお祐と親しんだ町内のご新造たちであろうか。

六

ざわめきのあちこちから、

「おーっ」

歓声とも溜息ともつかぬ声が洩れた。キヌと増上寺門前町からの綺麗どころ二人が玄関口に出てきたのだ。年増のキヌもその面影を残しているが、粋筋《いきすじ》の現役が括り袴にたすき掛けで鉢巻など、お大尽が座敷で大枚をはたいても見られる姿ではない。大中屋玄関先の往還にはすでに五十人余の打ち込み方が勢ぞろいしている。こちらは強そうだ。

周辺には近所の住人に遠くからの見物人、隊列について来た野次馬らが群れ、自然そこはしばし往来止めのようになり、なかには武家の姿もある。一見して奉行所からも役人の出張ってきているのが分かる。それらの背後から伸びをしたのは箕之助である。心配になって見に来たのだ。向かい側の群れのなかに蓬莱屋の嘉吉の姿もあった。仁兵衛に言われて見に来たのだろう。

瞬時、ざわめきは熄《や》んだ。双方の待女郎が向かい合ったのだ。寄せ手方の待女郎はお祐の親族のようだ。往還の者は固唾《かたず》を呑んだ。

聞こえた。

「かねて申し伝えしとおり、参上つかまつった」

「もとより心得ていたり」

「ならば、いざ参らん！」

「参られよ！」

言うなり受け手方のキヌとつき添いの二人はツツと屋内に駈け込んだ。

「かかりゃ！」

お祐の声とともに五十人余の寄せ手が黄色い喚声を上げ、大中屋の玄関口に殺到した。一斉にとあっては押し合い圧《へ》し合いとなる。背後からは、

「行け、行け！」

「壊せーっ」

声援が飛ぶ。女の声のほうが多いようだ。寄せ手は店場には目もくれずつぎつぎと奥へと消えていった。往還の人波がドッとせばまり大中屋の軒端《のきば》にまで迫った。箕之助も前に出た。だが敷居を一歩たりとまたぐことはできない。寄せ手が店場を踏み通っても器物に一切触れなかったのは、広い武家屋敷なら勝手口から踏み込むように、事が奥向きであっては作法に適《かな》っており、部外者が中に踏み入ってはならぬこともまた作法なのだ。

敷居近くまで進み出た者は中をのぞきこみ、気配を感じながらも背で背後の者を押し戻そうとしている。押す者も押される者も表情は一様に満足げであった。太平の世に廃《すた》れた武士の作法を、町人が町中《まちなか》で再現しているのだ。町衆がそこに喝采を送らないはずはない。往還に取り残されたかたちで二本差しがポツリポツリと立っているのは、群衆には加わらぬ武士の威厳を示しているのでは決してない。

荒々しく廊下を踏み先頭の一陣が奥の間に踏み込んだ。二陣、三陣とつづく。甲高い怒声とともにたちまち障子戸、襖《ふすま》が打ち破られ押入れからは布団が引き出され引き裂かれ綿《わた》屑《くず》が散乱する。冬場で箱火鉢などがあったならたちまち部屋には灰神楽《はいかぐら》が舞うことになったろう。

「キャーッ」

受け手は少人数だ。最初の部屋は女中衆に志江と舞だった。肩を寄せ合いひとかたまりになって竹刀や木刀を手に、

「ヤアー、ヤアー」

女中たちはへっぴり腰でかけ声を上げて前面に突き出し、あるいはくるくると回している。襖とともに欄間《らんま》まで打ち壊された。木刀を突き上げ、天井板を破りはじめた者までいる。その横では数名が飛び上がり、長押《なげし》まで引きはがしている。木屑とともにほこりが舞い落ちる。寄せ手のなかに、

「刃向かうか！　ヤアーッ」

志江たちへ打ちかかる者もいた。

「なによっ、このーっ」

舞は踏み出て木刀で数人の腰や胴を打ち、サッと肩を寄せ合っているなかに退く。

「やったなーっ」

「容赦せぬ！」

対手たちの木刀や竹刀を誘いこむ。

「イヤーッ、ターッ」

舞は応戦する。また敵陣に踏み込んでは木刀を突き出し素早く退く。明らかに楽しんでいる。すぐ横で竹刀を構えて応戦しながら、

「舞ちゃん！　いい加減になさいっ」

志江の声が飛ぶ。その頭上に竹刀が降ってきた。

「イエーッ」

撥《は》ねのけた。すぐさま志江の目は眼前の敵よりも奥のほうに向けられた。

女中衆は悲鳴を上げ奥へ逃げようとするが逃げられない。持ち場を離れるなと美樹から言われているからではない。対手は五十人余である。すでに次の間にもそれらはひしめいている。いずれも括り袴で勇ましい。大中屋出入り筋の女房や娘たちは背を壁に押しつけ棒切れや箒、竹刀を振り回して防戦している。さすがにこちらには舞のような跳ね上がり者はいないようだ。

その女衆の眼前ではすでに押入れも飾り棚も打ち壊され簞笥は引き倒され、さらに勢い

こんだ寄せ手には日ごろの鬱憤晴らしも加わってか畳を引き剝がし中庭へぶん投げる者もいれば、庭に飛び下り奇声とともに植木鉢を手当たりしだいに木刀で打ち据えている者もいる。

それらの破壊音や響きはおもてにまで聞こえている。

「おー、やってる、やってる」

「すごいぞ、女の力ってよ」

聞かれるのはいずれも感嘆の声である。手下《てか》をつれた奉行所の同心も満足そうに大中屋の玄関口に視線をそそいでいる。

聞こえてくる騒音に金属音や瀬戸物の激しく壊れる音が混じった。寄せ手の一陣が台所に入ったのだ。鍋釜に茶碗類と壊す物にこと欠かない。数人が竈《かまど》を打ち壊せば立ちのぼる灰神楽のなかに他の者が煙抜きの櫺子窓《れんじまど》まで打ち破りはじめる。

それらのけたたましい響きは寄せ手をさらに興奮させ、受け手には恐怖を倍加させる。女中衆と出入り筋の女たちはすでに得物を振り回す気力も喪失し、肩を寄せ合い足を硬直させている。舞も想像以上の破壊に、台所から響きが伝わってきたころには啞然とした態になっていた。

志江は踏み出した。

「あ、姐さん、どこへ」

舞が驚いたようにあとを追った。離れである。渡り廊下や近くの庭では美樹とキヌに差配された門前町筋の女たちが髪を振り乱し防戦している。志江と舞が竹刀も木刀も下に向け寄せ手のうしろに紛れ込んだかたちになった。前面では相互の女たちが罵声《ばせい》を掛け合い打ち込み合っている。

「ここから先はなりませぬぞ！」

キヌの叫ぶ声が聞こえ、

「こここそ襲わずに置かれよか！」

渡り廊下でお祐がやり返している。

美樹が向かい合った。

「病人がいるのじゃ。入るのは許しませんぞ」

「病人？　誰が」

応酬しているうちに、

「エイーッ」

「アアァ」

数人の寄せ手が襖を蹴破り踏み込んだ。

「ならぬと言うにっ」

美樹のひときわ甲高い声がひびく。踏み込んだ括り袴数人はすぐに飛び出てきた。

「お祐さん！　ほんとだった」

「そう、病人が寝ているぅ」

口々に言う。その声に渡り廊下付近の寄せ手はひるんだ。

「誰、だれが」

お祐の声に、

「小さな、子供のようだった」

「えっ」

驚くお祐に美樹はすかさず、

「だから言ったでしょうが。お糸さ」

「えっ。お糸が、お糸がそこにいるの！　会わせて！」

踏み込もうとするお祐を美樹は木刀でさえぎり、

「ここまで騒いでお糸を殺す気か。おまえさまには以前の継子《ままこ》に過ぎないが、いまはあたしの養女。守りますぞあの子を！」

お祐にとってこれほど胸に刺さる言葉はない。しかも言っていることは美樹のほうに理があるのだ。お祐は全身を硬直させた。打ち込むことはできない。それらの声を志江も舞も憴《しか》と聞いた。

キヌはその空気を読んだ。すかさず前面に歩み出ると、

「寄せ手のかたがたあ、気がすまれましたろう」

甲高い大声であった。待女郎の口上である。寄せ手の待女郎も進み出た。お祐のすぐそばで竹刀を振るっていたようだ。渡り廊下のあたりは静まり、それは他の部屋にも台所にも伝わった。両者の声はさらにつづいた。

「いかがか。思い知ったか」

「天晴れなる打ち込み」

手打ちである。

おもてでは、不意に熄《や》んだ破壊音に打ち込みの終わったことを悟った。往還の緊張が急速に溶解するのを箕之助は感じ取った。

「さあ、お祐さん。このあたりで」

寄せ手の待女郎役の女がお祐の耳元にささやいた。お祐はコクリと頷き、待女郎役は振り返り、

「かたがたあ、引き揚げましょうぞ！」

「おう」

「おおう」

あちこちに括り袴たちの勝ち誇った声が上がった。

「お祐さん」

待女郎役の女がお祐をうながした。

「えゝ」

お祐は応じたものの、離れのほうに目をやった。

「さあ、気がすんだならさっさと帰りなされっ」

美樹が追い払うような口調を浴びせる。お祐は退かざるを得ない。

この対照的な二人を、志江はまだ木刀を手にしたまま凝《じ》っと見つめていた。まるで打ち込まれた美樹が勝者で、打ち込んだお祐が打ちひしがれた敗者に見えたのだ。

おもてにふたたびどよめきが起こった。括り袴の面々が大中屋の玄関口から出てきたのだ。

「おー、よくやった」

「がんばりなさったねーっ」

男からも女からも声が飛ぶ。けたたましい騒音は聞こえていたものの、おもての店場には指一本触れなかったことも、見物衆の賞賛を買っている。

「ん？」

箕之助は首をかしげた。意気揚々としている女衆のなかに、主将のお祐だけが消沈しているのだ。ふたたび隊列が組まれ、お祐は駕籠に乗ろうとするとき、大中屋の玄関口のほうにまたチラと視線を投げた。

（なにかあった）

箕之助は直感した。お祐の視線に、心残りのような思いを見たのだ。

隊列が悠然と大中屋の前を離れ、もと来た札ノ辻のほうへ向かう。見物の衆はどよめきながら道を開けた。時間にすれば、半刻（およそ一時間）にも満たない出来事であった。見物の衆は三々五々に散りはじめた。箕之助は立ち去りかねた。人が少なくなったなかに、嘉吉が箕之助に気づいたのか、

「あ、番頭……いや、箕之助旦那」

声をかけてきた。

「お、嘉吉どん。ちょうどよかった。一緒にいてくれ。なかから志江か舞ちゃんが急いで出てくるはずだ」

箕之助は嘉吉の袖をとった。勘が、そうさせたのである。

屋内では、緊張と恐怖が去って気が抜けたのか、破壊され器物が散乱するなかに出入り筋の女衆も女中衆もそれぞれひとかたまりになったままヘナヘナと座りこんでしまった。むろん声もない。門前町筋の女衆もこちらは奮戦したようだが慣れないことに疲れたのか、髷を乱したままその場に座りこみ、息を激しくついている。志江と舞は気丈に立ったままあたりを見まわしていた。それにしても激しい破壊のされようである。外ではいまごろ沿道の注目を集めながら五十人余の隊列は粛々と街道を返していることだろう。

新たな騒ぎが起こったのはそのようなときであった。

美樹とキヌが離れ座敷の中に入った。

「医者をっ、医者を！」

キヌが叫びながら飛び出てきた。

周囲が注目するなかにキヌは庭に駈け下り、勝手口のほうへ畳や器物の散乱しているのを器用に避けながら走り、路地に駈け出して行った。美樹も離れ座敷から出てきた。

「お糸の容態がおかしいのです。お医者がすぐに来るでしょうから、庭とこのあたりだけでもいますぐ片付けてください」

「えっ、そんなことまでぇ」

門前町筋の女たちは不服そうだった。

「そんなことよりもお糸ちゃん、どんな容態なのですか」

志江は渡り廊下から離れ座敷に近づこうとした。

「なりませぬ。お医者が来るまで、どなたもここに入ってはなりません」

強い口調だった。志江は仕方なく舞をうながし、他の女たちとあたりの片付けにかかった。

左右善はすぐに来た。打ち込みの終わるのを、療治処でじっと待っていたようだ。

「だから言わぬことじゃない」

言いながら勝手口の板戸をくぐり、

「おぉぉっ」

あまりにもの惨状に声を上げ、薬籠を持ってつづいたセイも思わず「アッ」と口を押さえた。

「さあ、早く」

年増のキヌに促され、女衆の立ち働くなかを左右善は離れ座敷に急いだ。

「おっ、そなたら。その格好は！」

左右善は志江と舞がそこにいるのに気づき、小走りのまま声を上げた。薬籠を抱えてつづくセイも驚いたようだ。二人はもう木刀や竹刀は手にしていなかったものの、まだ鉢巻にたすき掛けのままだったのだ。

「さ、先生」

キヌが急かす。

「あの、先生。お手伝いを」

志江は追うように声をかけた。キヌは志江に迷惑そうな顔を向けたが左右善は、

「うむ。手は多いほうがよい」

「はい」

志江は急ぎ従い、

「あたしも」

舞もつづいた。

美樹が破れた襖のところまで出てきた。左右善とセイにつづいて部屋に入ろうとする二人を、

「なんです、あなたがたは！」

手で押しとどめようとしたのが、かえって不審を覚えさせる。

「あたしたちは左右善先生のお付きの者です」

「えっ」

思わぬ事態に出会ったような顔をする美樹を前に、志江は強引に中へ入ろうとする。

「なりませんぞ」

キヌが立ちはだかる。

（この二人、なにやら秘めている）

志江は確信した。近くに門前町筋の女たちが何人かいたが、いずれもこの押し問答を不思議そうに見ているだけだった。

「それよりも患者だ」

左右善はセイをうながし部屋に入った。破れ襖の前にはキヌが陣取り、志江と舞はその場に立ち往生となった。中は見えないが、声は聞こえる。すぐに緊迫しているようすが伝わってきた。

美樹の声である。

「先生。騒動の前は生きていて、あたしともすこし話をしたのです。ところが、騒動のあと気になって見にくるとこのようにぐったりと」

お糸の容態が危ういのか、志江は息を殺し、耳をそばだてた。舞も同様である。すでに大中屋の女中頭然としたキヌは志江と舞を用心深げににらみ、まださえぎっている。

「これは！　そなた、いま、騒動の前は息があったと申したな」

左右善の声である。いつもとは違った、きつく質すような口調だった。息があったなどと、志江は思わず自分の息を呑み舞と顔を見合わせ、キヌは部屋からの声に反応したのか体をピクリと動かしたようである。

(思わぬ事態が)

展開しはじめたことを志江は察した。

さらに聞こえる。

「はい。さっきまでは、確かに」

「とっくに死んでおるぞ」

「あっ、なにをなさいます！」

ただならぬ美樹の声に志江はキヌを押しのけ部屋に飛びこんだ。

「待ちなされっ」

叫んだ声は、思わぬ事態への展開を喰いとめようとしているかのようであった。

「あたしも！」

「アァァ」

志江の袖をつかまえようとしたキヌに舞は体当たりした。庭や渡り廊下にいた女衆は驚き、母屋を片付けていた女たちも手をとめた。

志江は室内の展開に目を見張った。左右善が美樹の制止を振り切って、お糸にかけてあった薄手の掻巻《かいまき》を引き剝がしていたのである。お糸の小さな躰《からだ》が仰向《あおむ》けに横たわっているる。生気のないその表情からも、

(死んでいる！)

とっさに志江も感じた。

「おお、よかった。大和屋のご新造、手を貸してくだされ。舞さんも。この小さなホトケ、可哀想だが」

言うなり左右善はお糸の着物を脱がしはじめた。セイは頷きお糸の腰の紐に手をかける。志江にも舞にもわけが分からないが、ただ左右善を信頼している。

「なにを、いったい！　やめてくだされっ」

左右善の腕に取り付こうとする美樹に志江は組みかかり、舞はキヌの肩を押し戻すようにつかまえた。立場がまったく逆転した。思わぬ離れの騒ぎに大中屋の年嵩の女中が恐るおそる顔を出し、

「あぁ、糸お嬢さま」

絶句の態となった。お糸の躰はすでに裸であった。左右善はセイをうながし、お糸の躰を裏返した。背中のあたりから尻、ふくらはぎと凝視し、触診しながら、

「やはり」

頷くように言った。

周囲の者にはこの光景の意味が分からない。あまりの左右善の異様さに、美樹もキヌもすでに全身から力を抜いていた。

「セイ。この子の背をよく見よ」

静かに言った左右善に薬籠持役のセイは頷き、お糸のうつ伏せの死体を凝視した。周囲の目もそれにつづいた。

「どういうことかな。そなた、大中屋の後添えとお見受けいたすが」

左右善は美樹にジロリと視線を投げ、キヌにもながした。美樹とキヌは転瞬ギクリとした態になったが、すぐに開き直るようすを示した。

左右善が疑念を持ったのは、お糸の口と鼻に手をあて、息のないのを感じ脈を診ようと手を取ったときだった。美樹は確かに、騒動の前にはお糸は生きていたと言ったはずなのだ。だがいまお糸の腕をとったとき、左右善はその躰に死後硬直のはじまりかけているのを悟ったのだ。人体の硬直は、死後二刻《ふたとき》（およそ四時間）か二刻半（およそ五時間）ほど

を経てからはじまるものだ。ならば、お糸は打ち込みの前どころか午前中にはすでに死んでいたことになる。

　左右善はさらにそれを確認しようとした。死体を裸にし、うつ伏せにしたのがそれだった。死斑《しはん》である。人は死ねば血の動きはとまり、水のように躰の一番低い部分にたまり、それが皮膚に紫色の斑点となってあらわれる。うつ伏せに死ねば腹に、仰向けに寝た状態で死んだなら、動かしていない限り背中にそれがあらわれるのだ。

　医者なら、そうした斑点の出るのが死から一刻《いっこく》（およそ二時間）か一刻半（およそ三時間）後であることを十分に知っている。美樹の言う「騒動の前には生きていた」のなら、死斑はまだ出ていないはずである。だがいま、セイをはじめ一同の目はお糸の背に、それが死斑だとの知識はなくとも紫色の斑点の出ているのを確認している。すくなくともお糸は、志江や舞も大中屋にそろい、皆でお握りを手に腹ごしらえをしていたころには、すでにこの世のものでなかったことになる。硬直を考えれば、さらに以前から死んでいたのだ。

　しかし美樹は、それら判断の根拠を知らない。もっとも、死後硬直や斑点への知識がないのは志江たちも同様だが、お糸が変死であることは左右善のようすから感知できる。

　いきなり美樹は立ち上がった。

「みなさん！　お糸がさっきの騒動の衝撃で死にました。殺したのは先妻のお祐たちです。間違いありません！」

言いながら破れ襖を飛び出るなりすぐさまとって返し、

「さあ、死んでいたのならもうお医者に用はありません。お引取り願いましょうか」

部屋の中に立ったまま、帰れといった仕草をとる。

「いや、私はここに残らねばならん。舞さん」

左右善は毅然とした口調で言うと舞に顔を向け、

「ここからなら蓬莱屋は近い。仁兵衛さんに至急連絡し、奉行所へ」

仁兵衛が奉行所に顔の利くことは、左右善も辻斬りの一件で体験済みなのだ。

「大和屋さん」

志江にも顔を向け、

「あのときの町役さんたちをすぐここへ」

「なにが奉行所ですか、町役ですか！　必要なのはお寺さんでしょ！」

喚《わめ》く美樹を左右善は無視し、セイをうながしお糸の躰をもとに戻しはじめた。

「あ、あ、あたくしも」

年嵩の女中がお糸の死体ににじり寄った。

お糸が死んだなどと聞かされた他の女中たちは驚愕し、われを取り戻すと離れの座敷に走りこんだ。

「この部屋から誰も出さないように見張っていて」

年嵩の女中は駈け込んできた三人に指示した。「誰も」というのが、美樹とキヌを指していることは、年嵩の女中の視線から分かる。以前からの女中衆とキヌの立場も逆転したことが明瞭になりつつある。左右善は大きく頷き、

「頼みますぞ」

年嵩の女中に告げた。美樹とキヌの監視である。すでに左右善は、ここに至った理由などは関知しないが、後添えの美樹とそのお付きのキヌが、大中屋の養女の死に深く関わっていることを見抜いている。

離れ座敷の外では門前町筋の女たちがざわめきはじめていた。

「どういうこと。驚きじゃない、死人が出るなんて」

「そうよ。関わり合いにならぬうちに帰りましょう帰りましょう」

「待ってよ。あとかたづけなんてきょうの日当のうちに入っていないんだから、ちゃんともらわなきゃあ」

どうやら門前町筋の女たちは助っ人に雇われただけで、事件には直接関わりなさそう

だ。それに早く帰りましょうといっても、括り袴を脱いで裾の乱れはすぐに直せても、髪の乱れは簡単にはいかない。

「ちょいとお美樹さん、早く約束どおり髪結さんを呼んでよ」

離れ座敷に声を飛ばす女もいた。

七

玄関先の野次馬はすでに去り、立っているのは箕之助と嘉吉だけである。奉行所の役人も打ち込み方の隊列とともに引き揚げたようだ。外にはその後のいざこざまでは伝わってこない。

「ほんとに、打ち壊し以外に何か起こっているんですか。ご新造か舞さんが飛び出してくるなんて」

「そのはずだ」

怪訝《けげん》な顔をする嘉吉に箕之助は返した。

そこへ、

「あ、舞さん」

嘉吉のほうが先に声を上げた。果たして舞が走り出てきたのだ。そのすぐうしろに志江もつづいている。二人のいつにない足の運びから、

（やはり変事）

嘉吉は直感した。

「あっ、嘉吉さん！　ちょうどよかった」

舞はタタラを踏むように足をとめ、あとは志江が早口につないだ。

「えっ、ともかく変死ですね」

嘉吉は返すともう赤羽橋のほうへ駈け出していた。

「町内にはわたしがまわろう」

と、界隈の大店や地主の家へ小走りに向かったのは箕之助であった。いずれもここ数日で挨拶まわりに出向いた家ばかりなのだ。

志江と舞は大中屋の屋内に引き返した。

「こんどはあたしたち、ほんとうの助っ人ね」

まだ器物の散乱する中に歩を踏み、舞はお糸の死んだことに衝撃を受けながらも、いまの自分の立場にワクワクしているようだ。大中屋の女中たちを助けて町役や奉行所の役人たちが来るまで美樹とキヌの身柄を押さえ、左右善の差配下に殺害現場かもしれない離れ

座敷の現状を保存しておくのだ。

　まだ陽は西の空に残っている。辻斬りの一件で信用を得ている箕之助が走り、しかも評判になったうわなり打ちの裏で養女殺しがあったかもしれないというのだから、町役たちの集まりは速かった。なかにはさっきまで大中屋の前まで足を運び野次馬になっていた者もいる。

　離れ座敷で、美樹とキヌは事態が予期せぬ方向へ進み出したことに狼狽を隠し、なお憮然としていた。しかし、町役たちがそろい、お糸の遺体を前に左右善が死後硬直や死斑の説明をし、

「そお、そのとおりでした」

「確かに見ました」

　と、斑点のあったことを志江や舞、それに大中屋の女中たちまで証言するのであれば、あらためてお糸の死体を裸にするまでもない。

　ここに至って、美樹もキヌも顔面蒼白とならざるを得なかった。それこそ二人にとっては、あっけないほど急激な、思わぬ事態への展開である。

「うわなりさん、ここじゃなんだ。自身番に移りましょうか」

町役の一人が言ったのへ、他の町役たちはいずれも同意した。美樹にもキヌにも、すでに事態の展開に身をゆだねる以外に方途はなくなっている。

自身番には志江と年嵩の女中が、その場を証言し得る者として従った。離れ座敷に残った女中たちは、ようやく緊張が解けお糸の死の実感が湧いてきたのかワッと泣き崩れた。さすがの舞もこの段になり、十一歳という余りにも早い同性の死に、込み上げるものを禁じ得なかった。


志江は自身番でまだ緊張を解いていなかった。当初は大中屋の養女が継子いじめをされるのではないかとの心配から、気の進まない舞を誘って受け手の側への助勢を買って出たのである。そこへ思わぬ事態が隠されていたことに、いまさらながらに驚愕を覚えざるを得ない。町役たちが美樹とキヌを問い詰めるなかに、志江は自分とおなじ女の業《ごう》の恐ろしさに身の震えるのを隠せなかった。セイなどはお糸とさほど歳も違わないせいか、薬籠持ちながら恐怖に顔をひきつらせている。

左右善もおなじであった。医者の立場として話していたその表情は、明らかに怒りを刷《は》いていた。

最初に落ちたのはキヌであった。

「美樹さん！　もう隠せないよぅ」

　自身番の中でワナワナと震えだした。午前中に左右善を呼びに行ったのは、お糸の急病を周囲に、

「印象づけるためのだったのですぅっ」

　言うとキヌの震えはさらに高まった。ならば、騒動の直前に来た左右善を女の戦いを理由に追い返したのは、予期せぬ事態への機転だったのか。

「は、はい」

　キヌは吐いた。左右善をわざわざ門前町に呼び出して留守にさせたのは、美樹が事前に用意した策略だったのだ。だが、帰ってくるのが予想より早かった。

「えゝ、なにもかもそうですよう。まったくうまい具合に、先妻のお祐が古風なうわなり打ちなど仕掛けてきてくれたもんですよ」

　ようやく美樹は憮然と言い放った。ということは、計画はどうやらうわなり打ちの通告があってから急遽《きゅうきょ》思いついたもののようだ。だが、はかなくも意図は崩れ去った。ようやく美樹は観念したのであろうか。それとも事態のあまりにもの急変に気持ちがまだついていかないのか、なお憮然とした態度を崩していない。美樹のそのような姿に町役たちはざわめき、書役はただ黙々と筆を走らせている。

そうしたなかに、左右善は理性を失っていなかった。どのように美樹とキヌがお糸を殺害したかである。もちろん現場は、臨戦の準備が進むなかに、他から隔絶した離れの座敷であることは明らかだ。それにしても悲鳴も上げさせずに急病を装うなど、誰しもが、

──毒薬

考える。当然、町役たちは問い詰めた。だが左右善は、そこへ割り込むように口を入れた。

「それについては、大番屋で奉行所のお人に問い詰めてもらうことにしましょうぞ。最初に検死した者として、私が奉行所にも同道し所見を述べましょうほどに」

町の信頼を受けている医者が言うのである。町役たちは頷いた。一般には理解できない、難しい薬物などがそこに出てくると解釈したのだろう。だが実は、人ひとりを死に至らせる毒薬など、誰にでも簡単に用意できるのだ。だからかえって、左右善はそれを人の前で披露させたくなかったのである。その根拠を、左右善はすでに離れ座敷のなかで確認していたのだ。

陽がようやく落ちかかった。奉行所から同心が駈けつけたのは、書役の認《したた》めた口書き帳に町役たちが連署しようとしたときだった。同心は二人、捕方《とりかた》の手下《てか》を十人ばかりも引き

連れていた。

「大中屋に踏み込んだらもうこっちに移ったというではないか。犯人は押さえておろうなあ。重畳《ちょうじょう》、重畳」

すでにできている人だかりを押しのけ、大きな声で言いながら自身番の敷居をまたいだ。言ったのは、大中屋の門前で野次馬に混じっていた同心である。

奉行所にしては対処が早かった。仁兵衛は手代の嘉吉が走り戻ってくるなり、

「ふむ。志江さんたちが屋内に入っていたのか」

呟き、その場で辻駕籠を呼び嘉吉をそのまま八丁堀に走らせた。老境の仁兵衛よりも若い嘉吉が乗ったほうが、駕籠もそれだけ速く走れようというものである。

仁兵衛からの知らせを受けた与力は愕然とした。さきほど警戒のため三田一丁目に遣わしていた同心が、「いやあ愉快でございました。無事に終わりましてございます」とホクホク顔で帰ってきたばかりだったのだ。そこに殺しと思《おぼ》しき事件が発生していたのである。

日ごろから町奉行所は幕府の旗本はむろん諸藩の勤番侍たちからも〝不浄役人ども〟などと呼ばれ、悔しい思いをしている。そこへ武家に廃れた風習を、町奉行所の受持ちである町家の者がやってのけた。南北いずれを問わず町奉行所の面々には、内心喝采を送りた

い気持ちがあった。だがその喝采の裏に継子殺しなどが進められ、出張った同心が気づきもしなかったとあっては、溜飲を下げられないばかりか、逆に恥辱すら感じなければならない。与力は戻ってきた同心を怒鳴りつけ、さらに一人をつけて三田一丁目に走らせたのである。

すべてを美樹とキヌに任せたつもりだったのか、大八車とともにあるじの琴ヱ門に差配され、男衆が店に戻ってきたのは、この段になってからであった。あとかたづけの手伝いを嫌ったのであろうが、せめてようすを見ようと事前に番頭か手代を店に走らせることもしていなかったのだ。

女中からの知らせを受け、ふたたび大中屋に走った同心は琴ヱ門に言った。

「しばらくこの現場に手をつけることを禁ずる。その方らも禁足だ。他所から来た女たちにも、聞きたいことがある」

琴ヱ門は使用人らとともども、打ち壊された屋内でただただ茫然とし、また愕然とするばかりであった。

「旦那さま」

番頭が辛うじて言った。番頭の脳裡は、これからの営業が成り立つかどうかに移っていたのであろうが、襖も天井も破られ、綿のむき出しになった蒲団や器物の散乱するなかに、琴ヱ門は言葉さえなかった。

「えゝ、そんなあ」

「今夜のお座敷、どうなるのよ」

門前町筋からは不満の声が上がった。


舞は日暮れに大和屋へ帰ってきたが、あらためて箕之助と留吉が付き添い三田の自身番に志江を迎えに行ったのは、日もとっくに暮れてからであった。自身番の前はまだ人だかりが去っていなかった。辻斬りのときとおなじ光景である。町役から、美樹とキヌは今夜は町内預かりとなって自身番に留め置かれ、あした早朝に八丁堀の大番屋へ引かれると聞き、ようやく人影は去りはじめた。

「離れの座敷が荒らされなかったのはよかったが、そこで殺しがあろうとは。存分に荒らしてもらったほうが清々したんだがなあ」

留吉は提燈を揺らしながら言った。四人は三田から芝への近道になる、武家地の往還に歩を進めている。

「おまえさん、ごめんなさいね。つい出しゃばってしまって」

歩を進めながら志江がポツリと言ったのへ、箕之助は数歩の間をおき、

「志江さん」

大和屋の看板を出す前の、腰元時代の呼び方を口にし、

「あんたをすっかり、献残屋の女房にしてしまったねえ」

「はい。あしたからは」

「そう。普通の日々を」

四人の足音がわずかに聞こえる。

「へへ、いいじゃねえですかい。それであっしは毎日が楽しくなったんですから。もっともこんどは、あっしの出番はありやせんでしたがね」

割って入ったのは留吉であった。

「それでいいのよ、兄さんは」

「なにを！」

舞が応じてまた始まりだした。

おなじころ、増上寺門前町ではひと悶着起きていた。町全体で二十人ばかりもの綺麗どころが一度に欠け、あちこちで座の持たない座敷が出ていたのだ。

「あしたにはきっと、きっと出しますから」

どこの水茶屋でも女将《おかみ》たちが右往左往していた。
四人の歩は武家地を出て町家に入った。舞は思案していた。
(あしたお店で、うまくとぼけられるかしら)

お命大事

一

「旦那、どうでした。あんな見物《みもの》、滅多にあるもんじゃないですからねえ」

日向寅治郎が縁台に腰かけ、街道を行く人を見つめていると、隣の店の女が声をかけてきた。行列を見ただけなのに、数日興奮が冷めやらないようだ。

「ふむ」

寅治郎は目を街道に据えたまま応じた。

「あーぁ、あたしも見たかったけど。この街道で」

言いながら舞がお茶を運んできた。打ち込みのあった翌日、舞がいつものように田町八丁目の茶屋に入ると、

「――舞ちゃん！　見せたかったわあ」

「──そうそう。あたしたちとおんなじ女ながらぐっと凛々《りり》しく、ここの街道を。ほら、そこを通ったのよ」

耳に飛びこんできたものである。

「──あらあ、やっぱりそうだったのぉ」

舞はとぼけた。

そこに継子《ままこ》殺しがあったとの噂がながれたときも、同輩の女たちと一緒に、

「──まあ」

と、真剣に胸を痛めたものである。だが舞の覚えた痛みは志江もそうであったように、お糸の死を知らされたときの先妻お祐の胸中を思ってのことであった。蓬萊屋の仁兵衛から箕之助が仕入れてきたことだが、お祐も打ち込みのときの事情聴取で大番屋に呼ばれ、美樹の所業を聞かされたときには顔面蒼白となって震えだし、お白洲《しらす》で大声を上げて泣いたそうである。

それらがながれるにともない、市井《しせい》の噂はすでに大中屋が存続するかどうかに移っていた。蠟燭《ろうそく》の流れ買いたちも、その後大中屋には寄りついていないという。

「だんな」

なおも悠然と街道を見つめている寅治郎に、舞が湯呑みを横に置き、語尾を上げ問いか

けた。

「毎日毎日おなじ街道を見つめて、よく飽きないものですねえ」

田町八丁目の奉公の場で、舞は自分から大中屋の話をすることはなかった。翌日の朝以来、口がウズウズしたことだろう。そうした日々を経て、噂はその後の店の話に移っていったが、そこまでは舞いも知らない。かえって知らないことに、ホッとしたものを感じているようだ。

「あゝ。毎日な、違った顔が行き交っておる。うわなり打ちでなくても、おもしろいではないか」

「へえ、そんなもんですかねえ」

不思議そうに舞は寅治郎が目を向けている方向へ、あきれたように視線を投げた。が、

「あら、あの人」

頓狂《とんきょう》な声を上げた。

「おう」

と、寅治郎もほとんど同時に気づいたようだ。

江戸府内の、札ノ辻の方向からである。深編笠《ふかあみがさ》をかぶっているから顔は見えない。だが

寅治郎はもちろん、舞にもそれが誰であるかはすぐに分かる。これまでも何回となく寅治郎を訪ねてきている。それに舞は大和屋でその者と言葉を交わしたこともあり、そのときは留吉も一緒だった。武士には違いないが寅治郎とおなじ浪人姿で、歩くときの腰の構えも、全体的に浪人ながらキリリと締まった雰囲気も、寅治郎とよく似ている。両者ともそれなりに確たる生きる目的を持っていなければ、刀も落とし差しの浪人姿にこうも締まりは出ないだろう。

笠の中からその者も寅治郎と舞に視線を投げているのか、歩は確実に二人のいる腰掛茶屋に向いている。

「おう、おう。いつまでそんな大きな笠をかぶっておる。うっとうしかろうに」

「ハハハ。日除け、日除け」

近づき、浪人者は笠を取った。

「やっぱり不破《ふわ》さま。すぐにお茶を」

舞は急いで奥に入ろうとした。

「いいんだ、いいんだ。こやつなら白湯《さゆ》で十分。なんなら海辺の潮水でもいいぞ」

「そうはまいりませんよ」

舞は奥に駈け入った。

不破数右衛門《かずえもん》である。舞はそのまま本名で呼んでいるが、周囲の者はこの浪人が元赤穂《あこう》藩士であることにまったく気づいていない。それもそのはずで、浅野内匠頭《あさのたくみのかみ》の刃傷事件で浅野家が改易になってからまだ半年と経ていないが、数右衛門は三年以上も前からの浪人で、以前から寅治郎をときおり訪ねて来るのを周囲は見て知っているのだ。寅治郎は張り芳の傘張りの仕事をまわしたこともある。だが数右衛門は、そういう手先を使う仕事は好まないようだった。

「潮水はなかろう。それにしてもおぬし、すごい評判だのう」

言いながら数右衛門は縁台に腰を下ろし、深編笠をわきに置いた。

「えっ、あれには日向の旦那は男だから――」

湯呑みを載せた盆を持って出てきた舞は言いかけ、すぐに、

「あゝ、赤羽橋のことですか」

言い換えた。評判と聞いて、大中屋の騒動と勘違いしたのだ。あの一件からまだ十日と経ていないのだ。

「おう、そういえば三田で女騒動があったらしいのう。しかも町人で、ここからあまり離れてもいないそうじゃないか」

「えゝ、そうなんですよご浪人さん。その行列がここの街道を通りましてね」

声が大きくて聞こえていたのか、隣の茶屋の女が自慢げに話しかけてきた。

「ほう、ここをなあ。うわなり打ちと聞いたが、いまどき、しかも町家の者がのう。大したものだ」

女へ応じるように、しんみりとした口調で返した。それも一種の仇討ちである。赤穂浪人として、感じるものがあるのだろう。

「それよりもおぬし。きょうはいったい何用だ。わざわざそのような話をしにここへ来たわけでもあるまい」

「さよう。実はの」

急に声を落とした。さきほどの女は自分の茶屋の仕事に戻った。浪人者二人が声を忍ばせれば、おおかた内容は生活《たつき》の愚痴か金銭の無心と思ったのだろう。

寅治郎は内心に緊張を覚えた。赤穂浪人の暴走を、寅治郎はもう何度かとめている。そのたびに体を張り、箕之助や留吉ばかりか仁兵衛も奔走し、志江に舞までもがそれぞれに役割を担ってきたのだ。

「どうした」

寅治郎は縁台にならんで座った数右衛門に目をやった。

（やはり）

思えてくる。横顔が、真剣なのだ。

「波の音でも聞こうか」

「そうだな」

寅治郎が言ったのへ数右衛門は応じ、二人は腰を上げた。

舞のいる茶屋は街道でも海浜側であり、田町七丁目あたりなら背後にまだ漁師の住む板張りや荒壁の家がならんでいるが、八丁目あたりはせいぜい漁具の物置などがまばらに立つ程度で、九丁目になれば茶屋の裏手はもう草地のみで、すぐ先には砂地に白波が寄せ、その一帯を過ぎれば街道脇がもう海浜となっている。

「あら。お茶、淹《い》れたばかりなのに」

舞が言うと、

「おう。潮水に近づく前に喉《のど》を湿らせておこうか」

数右衛門は一気に飲み干し、湯呑みを舞の盆の上に戻した。茶屋では寅治郎のお仲間から茶代を取ったりはしない。

大小をはずし、二人は草地に腰を下ろした。近くに生き物といえば、ときおり蟹《かに》が地面を這《は》う程度で、草地の先の砂浜からは打ち寄せる波の音が直接伝わってくる。なにを話しても他人《ひと》に聞かれる心配はない。

「おぬしら、まだ懲《こ》りないのか」

寅治郎は機先を制するように言った。

「懲りないはなかろう。こんどこそ、またとない機会なのだ」

「ほう、まとたない機会?」

返す寅治郎の言葉は、明らかに疑いの色を乗せている。

「まあ、聞け」

数右衛門は話しはじめた。

「近々、吉良上野介《きらこうずけのすけ》が屋敷替えとなり、呉服橋御門内《ごふくばし》から川向こうの本所松坂町《ほんじょまつざかちょう》とやらに引っ越すらしいのだ」

「えっ」

「好機だと思わぬか」

これには寅治郎も思わず声を上げ、数右衛門はすかさずかぶせた。

呉服橋は江戸城の外濠《そとぼり》だが、その門内とあっては歴とした武家地で、しかも城内である。そこへ徒党を組んで討入ったとなれば、明らかに幕府へ弓を引いたことになる。しかし、川向こうとなれば話は別だ。川とは大川《おおかわ》(隅田川《すみだがわ》)である。それを一本隔てれば、まだ城下には違いないが将軍家の膝元から大きく離れたことになる。

「ハハハ。このお達しがあったとき、吉良めはきっと愕然《がくぜん》としたことであろうよ」

「堀部《ほりべ》どのらとも話し合《お》うたのか」

「むろんじゃ」

数右衛門は明確に返した。

幕府が吉良家に呉服橋御門内から本所松坂町への屋敷替えを命じたのは、解釈のしようによっては、吉良上野介を突き放して赤穂浪人らに、

——打ち込み勝手次第
そう示したのも同然となる。

「いつだ」

「それよ」

応じた数右衛門の声は弾《はず》んだ。

「引越しとなれば祝いだ挨拶だと献残品がけっこう動くことになろう」

「なに？　大和屋じゃ小さすぎるぞ。吉良家に入るのなどは無理だ」

「だからだ。大和屋から蓬萊屋の仁兵衛を通じ、出入りの献残屋に当たって引越しの日時を探ってくれぬか」

「おぬしら、やはりまだ懲りておらぬな」

寅治郎はあらためて数右衛門の横顔を見つめた。数右衛門は、さきほどの縁台のとき以上に真剣な表情になっていた。

これまで数右衛門が堀部安兵衛《やすべえ》や片岡源五右衛門《かたおかげんごえもん》、高田郡兵衛《たかだぐんべえ》らとともに逆恨《さかうら》みから梶《かじ》川与惣兵衛《かわよそべえ》を討とうとしたときも、さらに呉服橋御門の近くで上野介が乗っていると思われる駕籠を襲おうとした際も、

『お気持ちは分かり申すっ』

言いつつ妨害し、阻止したのは寅治郎である。それなのに、数右衛門はふたたび寅治郎に同志の秘密を話そうとしているのである。

阻止するたびに、寅治郎は言っていた。

『であろうが、機会は一度ですぞ！　料簡《りょうけん》されいっ』

以心伝心である。こたび数右衛門が寅治郎に声をかけたのは、自分のみならず安兵衛や源五右衛門らにも赤穂武士の思いの丈《たけ》を理解して親身になり、

——終《つい》にはお味方に
と、解しているからに他ならない。寅治郎に赤穂とおなじ播州なまりがあるからといった、そんな単純な理由からではないのだ。そうした匂いを数右衛門はもとより、安兵衛や

源五右衛門、それに郡兵衛らも、秘めた志を持つ者として寅治郎から嗅ぎとっているのでである。


「どうだ。こんどこそ、手を貸さんかい。お味方は一人でも多く欲しいのだ」

風が吹いたのか、海浜の波の音がひときわ大きく聞こえた。

「引越しの日を知ってどうなる。肝心なのは、本所松坂町とやらの屋敷の構えを知ること
ではないのか」

「それもあろうが、見てきた者の話では本所の屋敷地は呉服橋のいまの屋敷より広い。そ
こへ討入るなど百人そろっても足りぬわい」

「えっ。ならばおぬしら、まさか」

「そうだ。そのまさかだ」

「やはり、少ない数で引越しの道中を……か」

言うと二人は互いの胸の内をさぐり合うように黙した。波の音ばかりが聞こえる。

(料簡せい)

寅治郎は言いたかった。だが言っても、

(おぬしこそ、分かってくれい)

数右衛門は返すであろう。

口を開いた。

「江戸だけではあるまい、同志のかたがたは。上方《かみがた》にも、それに播州にも散らばっておられよう」

「むろん。だが、皆を集めていたのでは屋敷替えの日には間に合わぬ。だからいま江戸におる者だけで」

「また数人で駕籠を襲うか。すりゃあ私闘ではないか。このあいだ近くであったうわなり打ちと変わらんぞ」

「かまわん！　ともかくわしらはじゃ……分かってくれい」

やはり言った。

「分かっておるわい」

寅治郎は腰を上げ、袴《はかま》のほこりを払った。

「ならば、やってくれるか」

「いや、街道を留守にしておくわけにはいかんでのう」

言う数右衛門に寅治郎は返し、茶屋のほうへ歩みはじめた。

「なにを言う。蓬萊屋だぞ。あそこなら手掛かりはつかめるはずだ」

数右衛門はあとを追った。

「もちろんこのことは同志の誰にも言っておらん。俺一人の存念で頼んでおるのだ。頼むぞよ、寅治郎！」

寅治郎はかすかに振り返った。

「あら。男同士の語らいはもう終わりですか」

茶屋の縁台で舞が迎えた。街道を行く人の影はかなり長くなり、荷馬も大八車も人の足も、そろそろ慌しくなりはじめていた。

数右衛門は縁台には座らず、隅に置いてあった深編笠を手にとった。

「あれ、もうお帰りですか」

「ハハハ。数右《かずえ》がここまで来たなら、他にもう一カ所、まわるところがあるでのう」

言ったのは寅治郎であった。

「さよう。馳走になった。ここの茶はやはり潮の香が染みこんで旨《うま》かったぞ」

「はいはい。潮は香りだけで、潮水は入っておりませぬから」

言いながら笠の紐を結び歩み出した数右衛門を舞は見送った。その背に寅治郎は、

「おぬしの帰るころ、茶屋はもう閉まっていて俺もここにはおらんぞ」

「おう」

数右衛門は振り返らないまま、手だけを分かったというようにすこし挙げた。

その足は引き返すのではなく、品川方向に向かっている。田町九丁目を過ぎ、かたほうが海浜となった街道をさらに進んだ品川宿の手前に泉岳寺《せんがくじ》がある。浅野内匠頭が眠っている。参詣《さんけい》のあと、数右衛門はふたたびこの街道を通って府内に戻ることであろう。

「舞、俺はいずれかの茶屋で夕めしは済ますゆえ、さきに帰って箕之助にあとで俺が寄るからと言っておいてくれ」

寅治郎は舞に言った。

その脳裡には、すでにある種の思いがめぐっていた。示唆《しさ》となったのは、さきほど数右衛門が言った蓬萊屋である。蓬萊屋なら、吉良屋敷に出入りしている同業を知っているかもしれない。知らなくとも、仁兵衛なら事情を知ればツテを頼ってでも吉良屋敷にわたりをつけるであろう。蓬萊屋仁兵衛もまた、きわめて赤穂びいきの一人なのだ。

二

夕刻、舞が芝三丁目まで戻り大和屋に声を入れたとき、ちょうど箕之助が外まわりの途中に赤羽橋へ立ち寄り、帰ってきたばかりだった。仁兵衛には外出中で会えなかった。

舞があとで寅治郎が来ることを告げ、

「きょう、不破さまが街道へお越しになって」

言ったとき箕之助は、

「えっ」

と、小さく声を上げた。不破と聞けば、やはり箕之助にも感じるものがある。志江も横で、一瞬緊張の色をつくった。

「大丈夫ですよう。不破さま、べつに切羽詰ったようすでもなかったし、のんびりと泉岳寺参りなどに行かれたようだから」

舞は砂地での二人の話を聞いていない。

「兄さんのエサ、作っておいてやらなくちゃ」

三和土《たたき》で話しただけですぐに帰った。留吉はまだ増上寺門前町の普請場がつづいている。最近では普請場近くの湯に浸かってから芝二丁目の裏店に帰ってきているようだ。帰りに道を歩いているだけでまた汗をかくような季節ではなくなっているからでもあるが、芝界隈の湯屋はもうどこでも留吉の手拭を振りまわしての大立ち回りを誰もが見飽き、聞き飽きている。門前町なら辻斬りに震撼《しんかん》した地元であり、赤羽橋の噂はまだまだ生々しく現実的であるのだ。

それにもう一つ、留吉がことさら赤羽橋での一件を吹聴したがる理由を、箕之助も志江も解している。他の事件もそうだが、とくに寅治郎の差配で赤穂浪人の軽挙封じに動いたときには、一切を最初からなかったこととしておもてに出すことはできないのだ。自慢どころか噂として口の端に乗せることもできない。口にも胸にもウズウズしたものが鬱積する。うわなり打ちには「あそこの離れ、俺が普請したんだぜ」などと言っても自慢にはならない。赤羽橋の一件はまさに広言し自慢できる材料だったのである。

「日向の旦那、なにか折り入っての話でもあるのだろうか」

舞が帰ったあと、箕之助は志江にふと呟《つぶや》くように言った。

「おまえさん、なにか心当たりでも？」

志江も心配げな表情になった。寅治郎の話がまだ分からないのでは、心当たりもなにもない。だが、どこでなにがどう結びつくか分からない。

「実はなあ、仁兵衛旦那、きょう柳沢《やなぎさわ》さまのお屋敷で献残品払下げの入《い》れ札《ふだ》があるというので、そこへお出かけになったらしいのだ」

「えっ」

箕之助が不意に言ったのへ、志江は小さな声を上げた。

将軍家御側御用人《おそばごようにん》柳沢保明《やすあき》である。大名家なれば献残品も多く、数がそろえば出入りの業者だけでなく、すこしでも高く買い取らせようと大振りの献残屋を何家か集め、品物ごとに入れ札をする場合もあるのだ。ましてそれがいまをときめく柳沢保明ともなれば、事あるなら見舞品にしろ贈答品にしろ山と積まれることになろう。それに加え、

――吉良にひいきし、浅野を一方的に切腹へ追いこんだのは柳沢だっていうぜ
巷間《こうかん》に広くささやかれている。箕之助も志江も、数右衛門や安兵衛たちから直接柳沢保明への恨みは聞いていないものの、その柳沢保明の屋敷へきょう仁兵衛が出かけた。

(目に見えぬ因縁めいたものが)

あると感じても不思議はない。

箕之助が蓬萊屋に行ったとき、留守番をしていたのは手代の嘉吉であった。仁兵衛のお供には、先輩番頭である温次郎《あつじろう》がついて行ったようだ。

「大旦那は品が多かったら、箕之助旦那の大和屋にもとおっしゃっていましたよ」

嘉吉は言い、

「ほう、なにやら楽しみだ。あしたまた来るよ」

と、箕之助は帰ってきたのだ。

先般、柳沢保明の領地である武州川越藩《かわごえ》十一万二千石の領内が大洪水に見舞われたという。川越といえば箕之助の生まれ在所であり、大きな被害のあったことは噂に聞いて知っ

ている。そのとき、関東一円も数日かなりの雨がふりつづき、風もけっこう吹いていたのだ。先月の文月（七月）下旬のことであり、それが武州に集中的に降り、日がたつにつれ被害の甚大だったことが広まり、各藩の大名家が競って見舞品を柳沢邸に持ちこんだというのである。なかには金子《きんす》のほかに、人足にも精を出させ早く復興できますようにと鰹《かつお》節《ぶし》や沽魚《ひもの》、干貝《ほしがい》、干鮑《ほしあわび》、それに塩鳥《しおどり》などの類を持ちこんだ大名家もけっこうあるらしい。

なるほどいまはすでに葉月《はづき》（八月）の半《なか》ばを過ぎている。集まるべき品は出そろい、もちろん川越にも運んだであろうが、邸内はおそらく廊下にまでさまざまな品があふれていることだろう。献残屋の入れ札は神田橋の上屋敷で行われるらしい。

（数がそろえば、乾物屋に卸《おろ》すこともできようか）

箕之助は皮算用をはじきながら帰ってきたのだ。

「おまえさま。やはり不破さまは泉岳寺へのお参りだけだったとは思えませぬが」

「もちろん、わたしもそう思っていたところだ」

志江が言ったのへ箕之助は返し、やがて来るであろう寅治郎を待った。

「悪いなあ、こんな時分に」

寅治郎の声が大和屋の玄関口に入ったのは、陽はすでに落ち往還も暗くなってからであった。箕之助はおもての板戸を閉めず、腰高障子戸も開けて帳場格子の奥で待っていた。手燭を持ち、すぐ居間に案内した。

「タチのよくない酔っ払いをひねっておったので遅くなってしもうた。悪い、悪い」

寅治郎は恐縮の言葉を連発するが、口調にも動作にもその思いは感じられない。やはり話さねばならぬものを胸中に秘めているようだ。

手燭の明かりを受けながら寅治郎がなかば手探りで腰を下ろすなり、

「不破さまがおいでなさったんですって？」

箕之助のほうから切り出した。いくらか酒の用意もし、志江も卓袱台に同席している。

「そのことよ」

油皿に揺れる灯芯一本の明かりのなかに、寅治郎は話しはじめた。胸中にはいくぶんうしろめたい気持ちがある。なにしろ寅治郎は、助勢を求めてきた数右衛門の思いを逆手にとろうとしているのである。

話し終えると、

「またですか、あのお人たち」

志江はあきれたように言った。呉服橋御門外で上野介が乗っていると思われる駕籠を襲撃しようとした数右衛門や安兵衛らの間合いをはずさせ、騒ぎになることなく失敗に終わらせたときには、志江も舞も重要な役割を演じたのだ。

「二度目でしかも引越しの道中を狙うとは、あのかたがたもこんどはそれ相応の覚悟でかかると思いますが」

箕之助は問いを入れた。

「そのとおりだ。こたびは呉服橋のときのように、おまえと留吉が不意にやつらに話しかけて調子を崩させ、打ち込み寸前に志江さんと舞が駕籠の横をさらりと抜けて間合いをはずさせるようなやり方はもう通用せぬ。あれは最初でやつらが予想もしていなかったから、辛《かろ》うじて功を奏したのだ」

「つまり日向さまは、こんどもなんらかの手段《てだて》で失敗させせようと」

もう寅治郎がきょう来た目的ははっきりしている。ふたたび箕之助らに手を貸せと求めているのだ。寅治郎はつづけた。

「さよう。騒いで失敗させるのは容易だ。俺一人でもできる。だがな、こたびも何事もなかったように収めるには、相応の策とやつらを事前に圧倒する力が必要だ」

「そのような力など、どこかにありますのか」

「ある。上杉《うえすぎ》にのう。吉良だけでは間に合わぬわ」

吉良上野介の奥方富子《とみこ》は出羽米沢《でわよねざわ》藩上杉家十五万石の出で、さらにいまの藩主上杉綱憲《つなのり》は上野介と富子の嫡男で、綱憲の次男義周《よしちか》がこんどは吉良家の養子に入ったという、二重三重の絆《きずな》で両家は結ばれているのだ。

「えっ、どういうことですか」

箕之助はわけが分からぬといった口調で問い、志江も狐に抓《つま》まれたような顔になった。

「そこでだ。蓬萊屋の仁兵衛どのだが、献残物の商いで吉良家か上杉家に出入りはないかのう」

「いったい、わけが分かりません。その両方に蓬萊屋は出入りしておりませんが、偶然でしょうか、きょう仁兵衛旦那は献残品払下げの入れ札があるとかで神田橋御門の柳沢さまのお屋敷に行かれました。そこからたぐれば、あるいは……」

と、箕之助はきょう蓬萊屋に行ったが仁兵衛が留守だったことを話した。

「ほう、それはよい。脈はありそうだ。ともかく仁兵衛どのに話しておいてくれ。蓬萊屋の商いにとっても、悪い話ではないぞ」

と、寅治郎は自分の思いついた策を披露し、

「やつらめ、また早まろうとしておる。志のある者すべてが打ちそろってこそ、それが私闘とはならず、世間も浅野家遺臣団の悲痛な討入りと見なそうものを」

湯呑みの酒をグイと胃ノ腑に流しこんだ。

箕之助も寅治郎の策が思いも寄らぬものであったことへの驚きとともに、やはり内容が不破数右衛門の赤誠《せきせい》を裏切るようであることにうしろめたさを禁じ得なかった。その空気を察したのか、寅治郎はふたたび湯呑みを手に、

「それまでは吉良どののお命こそ大事というに。それをあやつらはなぜ解ろうとせんのか、歯痒《はがゆ》うてならぬわ」

干し、卓袱台の上に音を立てて置いた。

「ですが日向さま。それでは不破さまがあまりにも……」

箕之助も湯呑みを手に言ったものの、一方では寅治郎の策にまんざらでもないものを感じていた。志江もかたわらで頷きを見せた。寅治郎はその雰囲気のなかに、

「不破の馬鹿はのう、最後には分かってくれようて。それができる男よ、あやつは」

話を締めくくるように言った。

翌朝、まだ太陽が出たばかりである。箕之助が出かけたのは、寅治郎が昨夜借りた提燈を返しに大和屋に立ち寄り、その足で田町八丁目の茶屋に向かったすぐあとであった。舞はひと足先に出かけている。

「わたしもこれからすぐ」

箕之助が言ったのへ、寅治郎は「ふむ」と頷いていた。もちろん、行く先は赤羽橋の蓬莱屋である。志江は、

(仁兵衛旦那が承知するだろうか)

懸念を持ちながら見送った。もちろんその思いは箕之助にもある。

街道はすでに一日が始まっていた。札ノ辻ではなく金杉橋のほうへ向かった。芝三丁目から赤羽橋へは、金杉橋から古川の土手沿いに行ったほうが近道になる。

箕之助が蓬莱屋に着いたころ、太陽はもうすっかり上がっていた。まだ夏の名残りかそれとも速足に歩いたせいか、全身がすこし汗ばんだようだ。もうすこし早ければ聞こえる増上寺からの朝の勤行《ごんぎょう》も、もう終わっているようだ。

店の帳場格子には番頭の温次郎が座っていた。

「これは箕之助どん、きのうも来てくれたそうだねえ」

と、温次郎は帳場格子の奥で腰を浮かせた。名のとおり温厚そうな顔で、箕之助が仁兵衛に拾われたときはまだ手代で、献残屋の商いをなにかと教えてくれたのはこの温次郎であった。やがて温次郎は所帯を持って通い番頭となり、箕之助も手代を経て住み込みの番頭になったが、あるじの仁兵衛が箕之助に暖簾分けをして外に出したのは、箕之助があまりにも仁兵衛のやり方を身につけたせいであった。あるじと番頭がともに得意先の奥向き

に足を踏み入れてしまうようでは、蓬萊屋はまったくよろず献残商いよりもよろず揉め事始末屋になってしまう。そのため、商いに徹し相手の奥には踏み入ろうとしない穏当な温次郎を店に残したのである。やがてはこの温次郎に蓬萊屋の暖簾を譲る算段かもしれない。そのときには、嘉吉が温次郎のよき補佐役となり、蓬萊屋の暖簾を守るだろう。それを温次郎も箕之助も暗黙に了解しており、だから両者の関係は持ちつ持たれつといおうか、良好であった。

「いまなら大旦那は奥にいなさるよ。きょうまた箕《みの》どんが来るかもしれないと、さっきもおっしゃっていた」

温次郎は笑顔で奥への廊下を手で示し、

「これ、箕どんが来たと大旦那へ」

おもてにいた丁稚に命じた。

「じゃあ、お言葉に甘えまして」

箕之助は腰を折りながら板間に上がり、奥への廊下に進んだ。

仁兵衛はいつもの中庭に面した部屋で書見台《しょけんだい》に向かっていた。箕之助が腰を折って部屋に入るなり、

「やあ、きのうは悪かったね。きょうも午後には温次郎をつれて出かけるので、いまから

嘉吉におまえを呼びにやらせようかと思っていたところだ」

と、小さな双眸に微笑を浮かべて言う。きのうの入れ札に収穫があったようだ。

だが、

「それよりも旦那さま」

箕之助は座るなり寅治郎の話を持ち出した。

「うっ」

と、仁兵衛も不破数右衛門の名を聞くなり緊張の態になった。箕之助はつづけた。

「なるほど」

さすがに仁兵衛は八丁堀にも高禄旗本や大名家にも出入りがあるせいか、吉良家の屋敷替えのことは知っていた。幕府が吉良上野介に呉服橋御門内の役宅返上を命じたのは、葉月（八月）なかばのことである。

「うーむ」

仁兵衛は唸り、

「あのお方ら、まだ冷めず、高ぶったままでおいでだったのか。お救いするには、それしかあるまい」

言うと、考えこむ仕草になった。なにしろ寅治郎の策では、成否の鍵は仁兵衛の動きにあるのだ。だが、仁兵衛はこれまでと同様に阻止の必要性は感じながらも、躊躇《ちゅうちょ》せざるを得ない。仁兵衛が商いを装って上杉家か吉良家に入り、用人にさらりと赤穂浪人が引越しの日を狙っていることをながし、吉良側に警戒を厳重にさせるというのである。その上で寅治郎や箕之助らが現場に出張《でば》り、安兵衛や郡兵衛らの間合いをはずさせ、世間には何事もなかったように終わらせようというのである。まるで内通であり、間諜《かんちょう》もどきである。きのうの夜、寅治郎は箕之助に言っていた。

「——数右や安兵衛らが兵法を心得ておれば、吉良が警戒を厳重にし上杉からも兵が出ているとなれば、よもや無謀な打ち込みはすまい」

そこに寅治郎は望みを託そうというのだ。

仁兵衛はゆっくりと中庭越しに増上寺の樹林の茂みへ視線をながし、ふたたび室内に戻した。

「なるほど、いまは吉良さまのお命こそ大事か。日向さまもおもしろいことをおっしゃる。それにしても変わったお方だ。まるで得体が知れません」

また中庭に視線を向けた。言った口調には、来し方は知らないまでも日向寅治郎への畏敬の念が込められていた。

「旦那さま、感心している場合ではありませんが」

「分かっています」

仁兵衛は視線を箕之助に戻して言った。

「他人《ひと》さまの奥に踏み入るのもおもしろいものですねえ。なにやらワクワクします」

「えっ、それじゃ旦那さまは日向さまの要請を」

「はい。日向さまとおなじ市井の者として、思ってらっしゃることに合力《ごうりき》させていただこうじゃありませんか」

仁兵衛が物事を決したとき、かえって淡々とし言葉遣いが丁寧になるのを箕之助は心得ている。だが箕之助も知っているとおり、蓬萊屋は上杉家にも吉良家にも出入りはない。

「きょう午後ね、神田橋の柳沢さまの上屋敷で入れ札のつづきがあるのですよ。なにしろ将軍家の御側御用人だけに扱う量も多くて。また温次郎をつれていきます」

仁兵衛は言った。直接出入りはなくても、出入りのある同業にきょうも会うというのである。

「なんとか渡りはつけましょう。結果については、きょうは無理だがあすにでも嘉吉をおまえのところに走らせよう」

ここに寅治郎の描いた策は、一歩踏み出したことになる。仁兵衛は腰を上げかけた箕之助に、

「干貝や塩鳥の類がかなり集まりそうだ。芝や田町の街道筋にはけっこう大振りな乾物屋もあるねえ。大和屋の地元だから、おまえに任せるよ」

いつもの口調に戻っていた。

三

待っているときには、時のたつのが長く感じられる。その日の夕刻に大和屋へ顔を見せた寅治郎は、実際に脈のありそうなことに、

「ふむ、さすがは仁兵衛どの。ありがたい」

満足げな表情をつくっていた。

嘉吉が、

「箕之助の旦那」

と大和屋に駈けつけたのは、その翌々日午前のことであった。

前日の昼間、神田橋の柳沢邸で仁兵衛は入れ札のあいまに同業へ、

「――いやあ、物騒ですねえ。吉良さまのお屋敷替えを狙って、赤穂浪人になにやら動きがあるらしいですよ」

と、声をひそめたのである。当然ながら、上杉家に出入りがある同業は上杉びいきであり、吉良家に出入りする者は自然吉良びいきとなっている。それに蓬萊屋が暖簾を張る赤羽橋のすぐ近くには、三田の北側になるが松本町という町家の一角があり、そこに大振りな播磨《はりまや》屋という口入れ屋が暖簾を出しており、それが赤穂藩御用達《ごようたし》で蓬萊屋が出入りしているることを同業の者たちは知っている。その蓬萊屋が赤穂浪人の動向について口を開くのでは、誰しも耳をそばだてたくなる。

「きのうはそこまでで、あとは向こうの出方次第と大旦那さまはおっしゃっておいででした」

仁兵衛はきのう、うまくエサを撒いたようである。もちろん嘉吉は、

「さっそく乾物屋への営業をはじめておくようにと大旦那さまが」

と、入れ札で落とした干貝や塩鳥の品書一覧と価格控えを示すのを忘れなかった。

果たして同業は乗ってきた。おそらく上杉屋敷や吉良屋敷の用人にさっそくご注進に及び、もっと詳しくと要請されたのであろう。それら同業が蓬萊屋仁兵衛に連絡してきたのは入れ札よりそれぞれ数日後のことであった。いずれも、具体的な動きを知らないかというものであった。同業たちにすれば、いま出入りの屋敷が最も気にしている情報を得れ

ば、屋敷からの信頼は増し、今後の商いに大きな利点となるはずである。仁兵衛にしても、同業者たちに恩を売っておけば今後のつき合いに損はない。

あるじ同士が何度か顔を合わせるなかに、仁兵衛は赤穂浪人らが梶川与惣兵衛を襲いかけたことや呉服橋御門外で吉良家の駕籠を襲おうとしたことなどを披露し、江戸には跳ね上がりたがっている者が幾人かおり、吉良家の引越し時を狙っている者は十数人……と告げた。梶川の件は一般には知られていないものの、上杉家も吉良家も梶川家から情報を得ていようし、駕籠についてはもとより吉良家には身に覚えのあることである。それらを知っている者の情報は信頼に足る。十数人というのも、決して仁兵衛の当てずっぽうではない。これまでの経験から算出した人数である。

それらをながすうちに、仁兵衛も吉良家出入りの同業から、呉服橋の役宅を明け渡すのは長月《ながつき》（九月）二日で、その日上野介は屋敷を出るが本所松坂町には向かわず、白金《しろかね》の上杉家下屋敷に入ることを聞き込んだ。白金といえば増上寺の西側で一帯は大名家の下屋敷がならび、金杉橋からは十五丁（およそ一・五粁《キロ》）ばかりと近く、蓬萊屋からは武家地や寺社地の人通りの少ない往還を二、三度も曲がれば上杉家の下屋敷に着く。仁兵衛もその場所は知っている。

（近くに来るのか）

聞いたとき、仁兵衛は内心戦慄を覚えたものである。上野介が白金の上杉家下屋敷に逗留するのは、本所松坂町の屋敷の修繕を終えてからのことらしいが、その期間までは分からなかった。

「――新居祝いはどのくらい集まるか。なにしろ吉良さまのご事情がご事情ですからねえ」

と、話した吉良家出入りの献残屋は声を落としていた。

「――なあに、ご隠居なされても高家のお家柄。相応のものが集まりましょうよ」

仁兵衛は逆に慰めたものである。これを聞いたとき、すでに葉月（八月）下旬であり、吉良上野介が白金に向かう日はあと十日足らずに迫っていた。

それらを箕之助は寅治郎に余すところなく話した。

「ふむ。やはり白金であったか」

大和屋の居間で聞いたとき、寅治郎は含みのある返答をした。箕之助がわけを聞くと、

「実はのう、きょう数右《かずえ》がまた来たのだ」

寅治郎は話した。数右衛門たちも吉良家の役宅明け渡しが長月二日であることはつかんでいた。

「――それまでに吉良は呉服橋御門を出るはずだ」

数右衛門は言った。それも上杉家の内濠《うちぼり》桜田門外《さくらだもんがい》の上屋敷か、それとも麻布飯倉《あざぶいいくら》の中屋敷か、あるいは白金の下屋敷へ向かうと見当をつけていた。本所松坂町の新たな拝領屋敷は惣地坪《そうちつぼ》二千五百五十坪と広大で四年間も無人となっており、すぐには人の住めない状態であることをかれらは確認していた。だから暫時《ざんじ》身を寄せるとすれば上杉家しかない……と踏んだのである。それも、桜田御門なら呉服橋御門から向かえばすべて江戸城内で、襲うなど出来るものではない。麻布の中屋敷は外濠からも離れているが、距離が短い上に道中は武家地ばかりで襲うには難がある。頼むはその麻布からさらに歩を進めた白金の下屋敷である。途中に町家もあれば畑地もある。

それで数右衛門は寅治郎に、

「――日時と落ち着き先がどこか、献残屋を通じて知ることはできぬか。日は迫っているのだ。二、三日後にまた来る」

と告げ、浜辺から戻ってきたときも、舞が驚くほど目が血走っていたという。

「とまあ、そういうわけだ」

「どうなさいます」

言う寅治郎の顔を、箕之助はうかがった。迷っている。秘すべきか、それとも逆に数右衛門や安兵衛らを白金に誘いこみ、機先を制して打ち込めないようにするか……。だがそれは、騒ぎになる可能性が高い。なにごとも、まるでなかったように収めねばならないのだ。

「仁兵衛どのの話が上杉に伝わり、そこがどう出るかに託《たく》す以外にないのう」

「それなら大丈夫かと、仁兵衛旦那もそのような感触を得ておいでですよ」

箕之助は返した。

上杉家は自家安泰のため、いままでは騒動の種になるやもしれない吉良家をうとましく思いはじめているはずである。だからと言って、上杉家として吉良家を無視することはできない。上屋敷でも中屋敷でもなく、

(だからできるだけ離れた白金へ……それも相応の警護をつけようか)

仁兵衛は感触をつかみ、寅治郎もいまそれを思ったところである。

それより二日後、

「あらあ、またあ」

舞が頓狂《とんきょう》な声を上げた。言ったとおり数右衛門が来たのだ。田町八丁目の茶屋である。

このころになると、舞は寅治郎がなにも言わなくても赤穂浪人がまた動きはじめたことを

感じ取っている。深編笠がゆらゆらと縁台に近づくと、

「海辺のほう、いい風が吹いていますよ」

寅治郎と数右衛門を見ながら言ったものである。

その海浜の砂地で、寅治郎は話した。

「長月二日。下屋敷だ」

思わず数右衛門は寅治郎の手を取った。なにやら声を出したようだが、茶屋の裏手からチラと見ただけの舞には聞こえなかった。茶屋に戻ってきた二人に舞が茶を淹れようとするいとまもなく数右衛門は、

「邪魔したな」

急ぐようにもと来た街道を帰って行った。

寅治郎にすれば、日が近づくにつれ数右衛門や安兵衛、郡兵衛にその仲間たちが呉服橋御門のあたりをうろついてけっこう目立ちはじめているが、それをやめさせるためであった。このままでは吉良家の家臣と衝突し、騒ぎにならぬとも限らない。吉良屋敷にも清水《しみず》一学《いちがく》など、血の気の多いのはいるのだ。

洩らしたからにはやらねばならぬことがある。寅治郎は翌日、麻布から白金への道を歩いた。胸中は、数右衛門や安兵衛の気持ちになっている。その気になれば悲壮感まで湧い

てくるのは、寅治郎が赤穂浪人らの胸の内を十分に解しているからであろう。

武家地に遮蔽物《しやへいぶつ》はなく、不意打ちはできない。わずかに町家はあるが、繁華《はんか》ではなく四、五人も人が潜めば目立つ。あった。畑地に林だ。道は曲がり、見通しが悪く人通りもまったくといっていいほどない。町家の者が二人で歩けば、昼間でも物盗りに遭いそうな雰囲気である。

（うむ、これは天佑《てんゆう》）

十数人が潜む姿を寅治郎は脳裡に浮かべた。あとは上杉が人数を繰り出してくることを願うばかりである。上杉とて騒動を好まず、なにごともなく平穏に上野介の引越しを終えたいはずである。いま、上杉と寅治郎の思いは一つになっていると言ってよかった。

感触を得るとすぐにその場を離れた。数右衛門らも事前の偵察に来るはずだ。この畑地と林に目をつけるであろう。鉢合わせになってはまずい。

あと数日という日であった。空は曇っていた。午前中に街道の乾物屋数軒へ沽魚《ひもの》や干貝に塩鳥などを納めて大和屋のある芝三丁目まで戻ってきたときだった。これには嘉吉が手伝いに来て、午後にも納めるところがあって箕之助と一緒だった。二人は角を曲がって店の玄関が見える脇道に入った。

「あれ、大旦那までここへ？」

嘉吉が声を上げた。ちょうど辻駕籠が一挺、大和屋の玄関先にとまったところだった。

嘉吉の声に箕之助は、

(呉服橋御門になにか異変！)

脳裡を走り、思わず足をとめた。だが、駕籠から降り立ったのは女だった。志江ではない。年格好は似ている。

「あっ、サチさま！」

箕之助は声に出した。サチは振り返った。

「あら、ちょうどようございました」

丁寧に辞儀をした。明らかに武家の女である。嘉吉は箕之助の驚いたような素振りと、武家の女が大和屋を訪ねてきたことに不思議そうな顔になった。

「堀部安兵衛さまのご妻女だ」

「えっ」

箕之助に言われ、嘉吉も小さく声を上げた。安兵衛の妻女といえば、江戸組赤穂浪人の総帥《そうすい》と目されている堀部弥兵衛《やへえ》の娘である。浅野家改易のときすでに弥兵衛は隠居の身であり、大川両国橋《りようごくばし》西岸の薬研堀《やげんぼり》に隠宅を構えていた。浅野家改易後は安兵衛もサチとともにそこへ転がりこみ、いまでは薬研堀が江戸組急進派のたまり場になっていたのだ。そのことは嘉吉も以前、箕之助から聞いて知っている。

玄関の声に気づいたのか志江も出てきて、

「これはこれは、サチさま。いったい」

驚きの声を上げた。志江がサチと会うのはこれで二度目である。急進派の暴走を防ぐため、サチは父弥兵衛の意を受けて志江に会い、互いに連絡を取り合ったことがあるのだ。仁兵衛と箕之助、それに寅治郎も、堀部弥兵衛とは面識がある。大石内蔵助の意を受け浅野家再興の嘆願に江戸へ出てきた赤穂遠林寺の祐海《ゆうかい》和尚を、安兵衛、数右衛門、郡兵衛、それに片岡源五右衛門《かたおかげんごえもん》、磯貝十郎左衛門《いそがいじゆうろうざえもん》らが秘かに葬ろうとしたのを寅治郎、箕之助、留吉らが防ごうと奔走していたときのことである。背後で蓬莱屋と連絡を取っていた播磨屋のあるじ忠太夫《ちゆうだゆう》の仲介で、堀部弥兵衛が播磨屋の奥座敷で一席設け、

『申しわけござらぬ』

奔走している面々に深々と頭を下げ、謝辞を述べたものであった。このとき大工姿の留吉も同席しており、七十五歳の老武士が頭を下げるのにどぎまぎし、感動したものであった。

その娘のサチがわざわざ大和屋に来た。弥兵衛の意を受けてのことに違いない。箕之助

はあらためて、

（異変！）

思わざるを得ない。

「さあさあ、ともかく中へ」

志江とともにサチを居間へいざなった。初対面の嘉吉を、箕之助が蓬萊屋の手代であることを告げると、サチは明らかに安堵の表情を見せた。持ってきた話は、安兵衛や数右衛門らの動向に関することにもう間違いはない。

そのとおりであった。

「皆さまがたにかような話をするのは恐縮なのですが」

サチは前置きし、切り出した。志江は威儀を正し、とっておきの茶を用意した。もと武家の腰元とあっては、自然と武家の妻女に対しては相応の応対ぶりがにじみ出てくる。サチは言葉をつづけた。

「老父弥兵衛は、いま困惑のきわみにございますれば」

一通の書状を卓袱台の上に出し、箕之助のほうに示した。弥兵衛の筆跡があり、文面は短かった。

――ただただ痛み入り申す。仔細はサチよりそれだけであった。箕之助は頷いた。サチの口があらためて動く。

十日ほど前から数右衛門や郡兵衛らお仲間の出入りが頻繁となり、父の弥兵衛は蚊帳《かや》の外に置かれ、夫の安兵衛を中心にここ数日、動きが緊迫化してきたというのである。しかも、

「吉良さまの暫時の落ち着き先が白金の上杉家下屋敷と判明いたしてよりのことでございます」

寅治郎が数右衛門にながした情報が効いているのだ。箕之助はいま寅治郎がこの場に同席していないことを残念がった。サチはさらにつづけた。

「わたくしが播磨屋さんや蓬萊屋さんに赴《おもむ》かず、こちらにお邪魔いたしましたのは、なにぶん赤羽橋は白金に近く、どこに上杉さまや吉良さまの眼が光っているかも知れず、播磨屋さんではあまりにも直接的すぎ、ご当家のご迷惑もかえりみず、できるだけ目立たぬようにするためでございます」

弥兵衛の配慮であろう。しかも言外に、

——恥ずかしながら、安兵衛らがまた跳ね上がろうとしている。なんとか防いでいただきたい
要請しているのである。大和屋に話せば、寅治郎にも蓬萊屋、播磨屋にもすぐ話が行く

ことを堀部弥兵衛は知っているのだ。

「それが、大石さまのご意志であれば」

サチは言った。弥兵衛が大石内蔵助《くらのすけ》と連絡のあることを示唆した。

実際に大石から弥兵衛への連絡はあった。このころ大石は畿内《きない》の山科《やましな》に隠宅を結んでいたが、もちろん大石も吉良家屋敷替えの情報は得ている。

――用意万端の整うまで、いかなる事情といえど同志の軽挙、くれぐれもなきよう手綱《たづな》をよろしくお願い申し上げたく
大石は弥兵衛に書き送っていたのだ。弥兵衛がサチを人知れず大和屋に遣《つか》わしたのは、同居している養子の安兵衛が中心になっているとはいえ、その動きを抑《おさ》えられず、相当切羽詰った思いになっていたからであろう。安兵衛をはじめとし郡兵衛や数右衛門らは、七十五歳でなにごとにも慎重な弥兵衛を、

「――ご隠居」

「――ご老体」

などと上座に祭り上げてしまっているのだ。サチの表情からも、それに対する困惑の色がうかがえる。

「おまえさん」

志江が箕之助をうながした。

「うむ」

箕之助は頷き、

「分かりました。実は」

すでに画策していることを披露した。老いた堀部弥兵衛を、さらに名だけでまだ顔も知らない大石内蔵助やその一統を安堵させるためである。すでに寅治郎や蓬萊屋の仁兵衛が動き、しかも二重間諜もどきの手法で上杉をも動かして逆手に取り、跳ね上がりを阻止しようとしていることに、

「えぇっ、すでにそこまで！」

サチは驚愕の色を示し、

「老父弥兵衛が至らぬばかりに」

神妙の態で深々と頭を下げ、さっそく腰を上げようとした。一刻も早く老父弥兵衛に知らせ、安心させたいのであろう。サチの表情から、その思いが伝わってくる。そのサチが頭を深々と下げたことには箕之助や志江のほうが恐縮し、

「午《ひる》どきでございます。膳の用意をしますれば」

志江が言ったのへサチは、

「このことを早く老父へ。ただ安堵させたく」

思いを口にし、もう立ち上がっていた。

「わたしが街道まで駕籠を」

嘉吉が走り出てすぐに辻駕籠を呼んできた。駕籠に乗るとき、サチは箕之助や志江と頷き合った。この話が弥兵衛以外、他に洩れる心配はない。

空の雲は、さっきより低くなったようである。

(途中で降らねばよいが)

思いながら箕之助と志江は深く頭を下げ、サチの乗った辻駕籠を見送った。

四

三日ほど、雨は振りつづいた。

降りはじめたのは、サチが辻駕籠で急ぎ両国の薬研堀にとって返し、嘉吉が午後の大和屋への手伝いを終え蓬莱屋に戻ったあとだった。箕之助にとってはさいわいだった。田町八丁目にこれから行くよりも、待てばよい。雨が降れば、街道を行く人影は極端に減って沿道の茶屋も店を仕舞う。それだけ早く寅治郎は帰ってくる。

実際、早く帰ってきた。一緒に大和屋の敷居をまたいだ舞も、傘は差していても寅治郎同様、草履《ぞうり》をふところに入れて裸足《はだし》であった。

「あたし、空いているうちに湯へ」

と、舞はすぐに芝二丁目の裏店に帰り、大和屋の居間には寅治郎のみが残った。箕之助からサチの来たことを聞かされると、

「うーむ。なおさらやらねばならぬのう」

大きく頷いたものである。

それから雨は降りつづいたのである。

そして朝起きると、その雨は上がっていたのだ。水たまりの具合から見ると、夜半には熄《や》んでいたようである。舞はぬかるみのなかを田町八丁目の茶屋に出るなり、

「雨が熄んだからかしら。日向の旦那、なにか所要があるからって」

周囲に告げることであろう。きょう、吉良上野介が呉服橋御門から白金の上杉家下屋敷に移る日なのだ。

寅治郎と箕之助は大和屋の玄関を出た。志江も戸締りをして、路地の勝手口から出てきた。裾をからげ、裸足である。泥道は下駄や草履はかえって歩きにくい。素足にひやりとした感触が心地よい。三人の足は街道の金杉橋を経て古川の土手道を赤羽橋に向かった。

ぬかるんでいるせいか街道に大八車の往来はなく人通りもいつもより少なく、土手道ではこの三人だけだった。

きょうが最後となる吉良邸の門は朝から開かれ、閑静な武家地にここだけ人の出入りがせわしなくつづいていた。その動きを湿った白壁の陰から見つめている武士と、供を装っているのか中間《ちゅうげん》姿の者がいた。武士姿は磯貝十郎左衛門で中間姿は前原伊助《まえはらいすけ》である。赤穂藩で禄を食《は》んでいたころに磯貝は側用人百五十石で、前原が金奉行十石三人扶持とあっては、この組み合わせは似合っていようか。安兵衛や数右衛門らの仲間たちはすでに白金へ向かっているはずである。

出てきた。

「うっ」

磯貝と前原は同時に呻《うめ》いた。腰元に挟箱持《はさみばこもち》の中間が十数人。これは予測のとおりだった。だが駕籠のすぐ前後と両脇をはじめ警護の武士団が総勢二十人は数えられる。腰元も中間も裸足だが、武士団は足袋《たび》に草鞋《わらじ》をきつく結びつけている。磯貝や前原とおなじだ。弓や鉄砲は持っていないものの、戦闘の構えである。

「この人数！」

磯貝は低く吐いた。予想外なのだ。上野介の駕籠につき従うのは、すでに顔を確認している吉良家家老の小林平八郎《へいはちろう》や近習の清水一学、山吉新八郎《やまよししんぱちろう》らせいぜい十数人と見積もっていたのだ。

「さきほどのも合わせ、上杉からかなりの加勢が出ていますなあ」

前原の声も低く、そこには驚きの響きがあった。駕籠に先立ち、十人ばかりの武士団がひとかたまりになって吉良邸を出たのだ。駕籠の列は、先発組を追うように進んでいる。露払《つゆはら》いにしては多すぎる。しかも、互いに相手の動きが十分に視認できる至近距離を取っているのだ。

つづけて、

「あの家紋！」

前原が気づき、

「これは！」

磯貝も呻《うめ》いた。中間の担ぐ鋏箱の家紋が、いずれも吉良家の五七《ごしち》ノ桐《きり》ではなく、上杉家十五万石の竹《たけ》ニ雀《すずめ》なのだ。

（ならば駕籠は）

二人の目は同時に動いた。悠然と進む権門駕籠の引き戸にも漆塗りの屋根にも、見えるのは明らかに上杉家の竹ニ雀であった。

行列は、吉良家ではなく上杉家のものとなる。だとすれば、列のあるじは吉良上野介ではなく、奥方の富子かもしれない。

「敵の攪乱戦法ぞ。だからあの中は、なおさら上野介だ。行こう」

磯貝はみずからへ言い聞かせるように声を絞り、踏み出した。脇道を迂回し行列の前面に出て白金へ先まわりするのだ。前原もつづいて身を動かそうとし、

「あれはっ」

また声を上げた。駕籠の行列につづき、やはり互いに相手の動きが確認できる間合で十数人の武士団が吉良邸の門から出てきたのだ。こうも厳重な警護は、駕籠が上野介であることにいよいよ間違いない。実際、そのとおりだった。赤穂浪人が襲撃を意図しているとの情報に、吉良と上杉の思惑は一致していたのだ。

攻め手が十数人では、いかに見通しの悪い林の中の道であっても、前面から不意に突撃しても包み込まれるだけだろう。もちろんうしろから追いかけるように打ち込んでも同様である。身を林間にひそめ駕籠の横合いに飛び出しても地面がぬかるんでいては動きが鈍り、駕籠に一太刀も浴びせられないまま全員が捕縛され、大名家の駕籠に無礼を働いた不《ふ》埒《らち》な集団として奉行所に突き出されるのがオチである。

そうなることは、武士なら列の陣容を見れば即座に分かるはずである。それになんと、手ぶらであるはずの腰元衆が捕縄《とりなわ》を手にしている。いずれも心得のある、上杉から派遣された女たちかもしれない。この陣容を少人数の襲撃側から見れば、打ち込みの不可能なことはすぐに理解しよう。寅治郎の期待したとおり、吉良・上杉方は強固な構えを見せて赤穂浪人たちを萎《な》えさせ、何事もなく下屋敷に入りこもうとしているのだ。

だが、襲う側はいずれも跳ね上がりの面々である。いかなる不測の事態が出来《しゅったい》するかしれたものではないない。

磯貝と前原は泥道にはねを派手に上げている。袴の股立《ももだ》ちは取っているものの早くも裾といわず背まで泥だらけである。すでに町家も武家地も抜け、畑道に入っている。前方に林が見える。抜ければ白金である。人影はほかに見当たらない。一つだけ、農家の物置であろう道端の荒壁の陰から二人の小走りに歩み去るのを確認している影があった。寅治郎である。

二人は往還に沿い林の中に見えなくなった。

「来おったな」

それらの顔を、寅治郎はすでに見知っている。呟き、往還に出てゆっくりと林へ入る方向に歩を進めた。来るときは裸足だったが、いまは草鞋をしっかりと結びつけている。

林の中で磯貝と前原は前後を確認すると茂みに駈けこんだ。仁兵衛が同業に言ったとおり、そこには磯貝と前原を加え十数人の頭数があった。それが江戸在住赤穂浪人の急進派の数なのだ。

「もうすぐ来るぞ」

飛びこんだ磯貝を、

「して、陣容はいかに」

待ちかねたように安兵衛が迎えた。

「行列は上杉家の体裁をこしらえ、護衛の武士はおよそ四十にして……」

磯貝がその全容を言えば、前原が、

「前後互いに視認できる範囲に十名ばかりずつ分散し……」

とその配置を話す。

おのおのは敵方の状況を脳裡に描いた。

「安兵衛どの！」

「片岡どのはいかに」

なかば泥にまみれたなかに声が飛ぶ。いずれも、打ち込んで首級《しるし》を上げることの不可能

を悟ったのか、

（秘策はあろうか）

質しているのだ。

「ここまで来て、引き下がれるか」

「しかり。われら錐揉《きりも》みに駕籠へ突っ込めば果たせようぞ」

安兵衛が声を絞り出し、数右衛門がすかさずつなぐ。

「俺が先陣を切る！」

灌木《かんぼく》越しにまだ無人の泥道を睨んだのは高田郡兵衛だった。

「待たれよ」

低い声は片岡源五右衛門であった。

「敵方がかくも陣容を整えおるとは、ここは一つ慎重が肝要ぞ」

「それがしもさように感じました。打ち返される公算もあろうかと」

応じたのは磯貝十郎左衛門である。直接陣容を見た者の言は説得力がある。周囲の目は前原伊助に向けられた。

「私もさように思います。腰元たちも女武芸者をそろえていると見られます」

「うーむ」

前原の言葉に、声を上げる者が何人かいた。

「おぬしら、なにゆえの物見か。臆《おく》したか！」

「なにっ」

言った高田郡兵衛に磯貝十郎左衛門が鋭く返した。

一統はすでに割れている。跳ね上がりの中の跳ね上がりがまさしく衝動に駆られ、郡兵衛や安兵衛、数右衛門らは跳ね上がりかねない勢いを示している。

そのときだった。

「おゝ、おぬしら。ここでござったか」

飛びこんできた浪人風体に、

「おっ、おぬしは日向どの！」

安兵衛が声を上げた。

「いかにも日向寅治郎でござる。俺がおぬしらなら襲うはきょうと思うてのう」

「ならばおぬしっ、こたびは助太刀か！」

「いかにも。それよりも行列はすぐそこぞ。さっき見てきた」

高田郡兵衛が言ったのへ寅治郎はすかさず返した。

「ほんとだ。来たぞ」

間十次郎《はざまじゅうじろう》の声のようだった。先陣の十数人の武士団が見えてきたのだ。それらの背後に駕籠の列がつづいている気配が感じられる。もちろん一統には寅治郎を知らぬ者もいる。それらが寅治郎の出現を訝《いぶか》る間もない。寅治郎はその間合いを計算して飛びこんだのだ。ただ一統はすでに乱れた思惑のまま固唾《かたず》を呑み、樹間に目を凝らした。

「ん？」

思わず一統は互いに顔を見合わせた。武士団の向かっている方向から、女たちの話し声が聞こえてきた。まだ姿は見えないが、なにやら数人で愉快そうにベチャクチャと喋りながら歩いている風情である。土地の女たちのようだ。

「まずいぞ」

一統の中から声が出る。そのとおりである。

先発の武士団が、一統の潜む灌木の前を通り過ぎた。女たちの話し声がやんだ。武士団とすれ違ったのだろう。林の中のぬかるんだ道で十数人もの武士と出会えば驚き、緊張もしよう。ふたたび女たちの話す声が聞こえてきた。にぎやかな声は近づく。見えてきた。やはり土地の百姓女たちのようだ。四人で、いずれも脛《すね》までの着物で、籠を背負っている者もいる。足はもちろん顔にまで泥をつけ、手拭をかぶっている者もいる。志江である。顔を隠しているのだ。たとえ見知った者がいたとしても、その百姓女の姿から志江と分かる者はいまい。

そのすぐうしろを、女たちのつき添い人のように、脛までの股引《ももひき》に頬被《ほおかぶ》りの男が二人つづいている。箕之助と嘉吉だった。それら百姓姿もなかなか似合っている。女たちは灌木越しに一統の目が光るすぐ前に立ちどまり、脇に身を寄せ話し声をとめた。他の一人は蓬萊屋の女中で、あとの二人は播磨屋の女中である。四人は、前方から駕籠の行列が来るのを確認したのだ。すでに至近距離である。四人の女は一統の潜む灌木に背を向けてならび、軽く辞儀をした。

駕籠の列が通る。一統の眼前を、灌木を通しさらに女たちの肩越しに、駕籠は悠然と進む。一統はまるで女たちの背に通せんぼうをされているようである。仁兵衛がお膳立てし、寅治郎が張った万全の防御策である。

まだある。

「むむっ。やつら、邪魔だ！」

高田郡兵衛が腰に力を入れ刀に手をかけた。

「待たれよ。土地の女にケガをさせては武士の恥」

寅治郎の鉄扇が郡兵衛の手首を押さえこんでいた。最も跳ね上がりやすいのは郡兵衛である。一統が一丸となる雰囲気はすでにないものの、一人が飛び出せば安兵衛に数右衛門

ら数名の者がつられて跳ね上がるかもしれない。その元凶の手首を押さえた鉄扇を、

（ん？）

数右衛門は怪訝な目で見た。

「むむむっ」

「うーむ」

低く呻き声の上がるなかに、駕籠の一行は通り過ぎ、女たちのおしゃべりがまたはじまった。一統はもう往還に目もくれない。泥にまみれた樹間のなかには、虚脱とともに安堵とも思える空気もながれていた。

「やはり、弥兵衛老の言われるとおり、ご家老の江戸下向を待つのが一番かもしれませぬのう」

誰の声か分からないが、湿った空気のなかを這《は》った。頷く雰囲気があった。わずかな沈黙がそこにながれた。

「ほんにおぬし、妙な男でござるのう。ここにまで駈けつけるとは」

安兵衛が間合い埋めるように、力なく言った。寅治郎に、なにごとかを感じ取ったのかもしれない。

「フフ。俺にも自分がよう分からん。つい衝動に駆られてしもうたようでござる。許され

い」

寅治郎は腰を上げた。それに釣られたのか、

「さよう。きょうはもう終わりもうしたな」

「したが、この気魂。緩めまいぞ」

言いながら立ち上がる者もいた。

林間の往還に、もう人影はない。志江たち女四人の姿もなければ箕之助たちもいずれかへ去っている。駕籠の列のうしろについた武士団も、とっくに通り過ぎていた。

五

一同が赤羽橋の蓬萊屋に落ち合い、泥を落として衣服を着替えたあと、

「薬研堀でも堀部弥兵衛どのはいまごろ」

仁兵衛は小さな双眸をいっそう小さく細めた。

その思いは泥道を歩いた一同にも共通していた。実際あのあと、薬研堀では泥だらけの足と袴に意気消沈しながら帰ってきた安兵衛を見て、弥兵衛はサチとともに安堵の胸をなでおろしていた。弥兵衛などは、さっそく山科の大石内蔵助に事の顚末《てんまつ》を知らせるため筆

をとり、飛脚を立たせたものである。

　留吉がその後、大和屋に顔を出し吉良家屋敷替えの噂はしても白金の地名を口にすることはなかった。舞もおなじであった。赤穂浪人が上野介引越しの列を襲おうとしたことなど、まったく巷間《こうかん》にとりざたされてもいないようだ。ただ、

「なんでも噂に聞きやしたが、吉良は本所松坂町の補修普請がすむまで、上杉家の麻布飯倉にある中屋敷に住まうって話らしいですぜ」

　留吉が言っていたのは、吉良家と上杉家のながした陽動作戦であろうか。さすがに留吉は大工で、本所松坂町の屋敷が改装に入ったことは耳にしているようだ。寅治郎は自分の策がみごとに奏功したことに満足であった。

　三日ほどがすぎ、往還もすっかり乾きすこしの風にもほこりが立つようになったころである。箕之助は、

「札ノ辻のほうの乾物屋さんにもちょいとまわってみるよ」

　午《ひる》すぎに出かけた。太陽が中天にさしかかるまえ、嘉吉が丁稚をともない熨斗《の》鮑《しあわび》と昆布《こんぶ》を運んできたのだ。赤穂浪人の動向をながしてやった同業から、かなりの量が安価に入荷したらしい。

田町八丁目では、

「あらあらあら、きょうも」

舞が声を上げていた。また深編笠の浪人姿を街道に見つけたのだ。不破数右衛門である。寅治郎はハッとした。

(やつめ、感づきおったか)

脳裡をめぐったのだ。

近づいてきた。舞は気を利かせ、

「きょうも海辺、涼しそうですよ」

「そのようだのう」

寅治郎は先に立って茶屋の裏手のほうへ向かった。

「おう」

数右衛門は笠を無造作に縁台に投げ置き、寅治郎の背につづいた。

舞が言ったとおり秋を感じさせる風が吹き、湿った潮騒の海浜ならほこりも立たずさわやかであった。

「どうだ、頭を冷やしたか。気負いだけじゃなにごとも成就《じょうじゅ》せんぞ」

言いながら寅治郎は草地に腰を据えた。

「きさま」

数右衛門は吐くように言いながら、寅治郎につづいた。数右衛門から、寅治郎は緊張めいたものを感じる。案の定、数右衛門は上体を寅治郎のほうへねじり、

「あれはどういうわけだ。助っ人に来たのではあるまい。また屁理屈をならべての邪魔立てではなかったのか。見たぞ、俺は」

数右衛門が高田郡兵衛の手首を鉄扇で押さえたときのことを言っているのは、寅治郎にはすぐに分かった。だが、べちゃくちゃ女たち四人のなかに、志江がいたことまでは気づいていないようだ。見慣れた舞がいたのなら気づいたかもしれないが、志江とも数右衛門は面識がないわけではないのだ。百姓女に化けていたとはいえ、まったく気づかなかったとは、

(やはりこやつ、そうとう目先を暗くしてしまっておる)

思わざるを得ない。

「あのとき飛び出して、事はうまくいっていたかの」

寅治郎は海岸線を見つめたまま返した。気負いこんで来たものの、数右衛門に言葉はない。あのとき打ち込む前からすでに、思惑は失敗であったことは明白なのだ。冷静なら、

むしろ高田郡兵衛の衝動を押しとどめた寅治郎に、感謝しなければならないはずである。

だが数右衛門は、

「なに！　あの百姓女どもとおまえさえいなければ」

「ハハハ。まだ言うておるか。それを軽挙妄動というぞ」

「軽挙だと？　俺たちはただっ」

寅治郎を非難するというよりも、失敗した憤懣を誰かにぶつけたいのであろう。数右衛門は草地に腰を据えたまま足を曲げるなり手を刀の柄にかけた。あのときの郡兵衛と似ている。

「冷めよ！　数右《かずえ》っ」

寅治郎の鉄扇がその手首を押さえこんだ。

「旦那がたあ、お茶にしませんかーっ」

背後から舞の声が飛んできた。

「おう」

寅治郎は鉄扇をふところに収め腰を上げた。数右衛門も刀から手を離し、

「きさま、終《つい》には……信じていいのだなあ」

「その時さえ来ればのう」

寅治郎が返したのへ応じるように、数右衛門も腰を上げた。

縁台に、お茶はすでに出ていた。

飲み干し、数右衛門は笠を手に取った。

薪《まき》を満載した大八車が茶屋の前にとまった。

「姐ちゃん。ちょいと喉を湿らせてもらうぜ」

「はーい」

舞は奥に入り、すぐに出てきた。数右衛門はもう街道へ歩を拾っていた。

「旦那。不破さまは、きょうはなにをしにここへ？」

「ハハ、根はいいやつでのう。だから好きなのじゃ」

的をはずれた返答に舞は、

「………？」

空の盆を持ったまま、目で数右衛門の背を追った。

箕之助は札ノ辻あたりでも商いの話がうまくいったのか、

（大旦那にお礼を言わなきゃ）

赤羽橋の方向に歩を向けていた。

大中屋の前を通った。店は開けているが、以前の活気は感じられない。

(ここの琴ヱ門旦那、ミソをつけなさったなあ)

思いながら通り過ぎた。美樹は死罪でキヌは遠島との噂を、つい先日聞いたばかりである。

蓬莱屋では、番頭の温次郎も手代の嘉吉も丁稚たちを使嗾《しそう》しながら、けっこう忙しそうであった。柳沢屋敷から、檜台《ひのきだい》や折櫃《おりびつ》などもかなり入ったようだ。温次郎がおもてでせわしなく動いているときに、奥の部屋で仁兵衛とお茶を喫《の》んでいるのなどはどうも気が引ける。それに仁兵衛と箕之助が向かい合えば、いつも商いの話は二の次となるのだ。

仁兵衛は溜息まじりに言ったものである。

「白金なあ、日向さまのお誘いだったとはいえ、また踏み入ってしまったねえ」

「旦那さまは以前、それをおもしろい、と」

箕之助は返した。

「フフ。そう思わねば、踏み入れませんからねえ」

増上寺から夕の勤行が聞こえてくるには、まだ間のある時分だった。

殺しの手法

一

大和屋の玄関口に、

「ごめんくださいまし」

若い女のというよりも、まだ少女の響きを持った声が立ったのは、柳沢屋敷からながれてきた献残物の商いも一段落ついた、長月《ながつき》（九月）なかばのことである。陽はすでにかたむきかけているがまだ明るく、玄関口の影は濃く見え一瞬顔が判別できなかった。それも大小二つの影である。

（ん？）

箕之助は帳場格子の奥で目を凝らす仕草をとったが、

「左右善《そうぜん》先生！」

すぐ腰を上げ、

「これは、これは。またどうして」

上がり框《かまち》のほうへすり足をつくった。もちろん訪《おとな》いを入れた小さな影は、薬籠《やくろう》を抱えたセイだった。左右善は大中屋の一件以来、殺しに利用されたことを悔しがり、まだ幼いお糸を死なせてしまったのを、

「――私が機転を利かせておれば、あの命、救えたかもしれない」

周囲に洩らし、気に病んでいた。箕之助はそのような左右善と道端で会ったとき、

「――先生がおられたからこそ、あの女の犯行が見破られたのじゃないですか」

と、慰めたものである。

その左右善が大和屋の玄関口に立った。志江の具合が悪いわけでもなく、いま近所に病人がいるとの話も聞いていない。

襖一領《ふすまいちりよう》をへだて商品の置き場に使っている部屋にいた志江も声を聞き、

「まあ、おセイちゃんも。さ、先生。お上がりくださいまし」

店の板間に出てきて奥への廊下を手で示した。

「さあ」

箕之助も手を指し示したが、

「三田寺町《みたてらまち》の帰りでのう。不意に来てもうしわけないが」

上がり框に足をかけながら言う左右善に、

（なにかある）

感じるものがあった。

三田寺町といえば三田一円の南側でお寺の長い壁ばかりがつづき、その西手は武家地という昼間でも人通りのほとんどない一帯である。その三田寺町から芝方面の街道筋に出るには、寺町の往還を三田二丁目へ出てから札ノ辻に向かうことになる。左右善は自分の療治処の近くを素通りし、わざわざ芝三丁目まで足を運んだことになる。しかも大和屋の近くに病家はなく、明らかに近くまで来たついでというのではない。

案の定であった。

「突然ながら、もし知っておれば聞きたいと思うてな」

左右善は卓袱台《ちゃぶだい》の前に腰を下ろしながら言った。

志江がお茶の用意に台所に入るとセイも、

「あたしが」

とつづき、居間では箕之助が、

「なにをでございましょう」

得体のしれない懸念を感じながら問い返した。

「ともかく、志江さんもそろってから」

左右善は言う。大中屋で見せた志江の機転に左右善は感じるものがあり、箕之助に対しては赤羽橋の一件がある。左右善の大和屋夫婦に向けた信頼にはなみなみならぬものがある。しかも、献残屋ならば商家はもちろん武家においても奥向きに通じていることを、蓬萊屋を見て十分に感じ取っているのだ。

「もちろん、寺町のあたりなら、お寺さんにも出入りはさせてもらっておりますが」

箕之助は言い、卓袱台に湯呑みがならぶのを待った。

「いや、武家のほうじゃ」

左右善は明瞭に言った。

卓袱台に湯呑みが置かれた。セイは左右善の斜めうしろに座をとった。やはり左右善の躾《しつけ》が行き届いているようだ。

「まあまあ、おセイちゃんも遠慮しないで」

志江がうながすと、セイは領《うなず》きひと膝にじり出た。セイも左右善の言おうとしている話に関わっているのかもしれない。

「あそこのことでのう」

左右善は明瞭に言ったあと、懸念を含んだ表情になった。三田寺町の西手にあたる武家地にも左右善の病家はあるらしい。一帯は登城に際しては乗馬で若党や中間など七、八人の供揃えをととのえる五、六百石級の旗本屋敷が白壁をならべている。いわゆる高禄の武家地である。かつて志江が奉公していた屋敷もこの一角にあった。

「その岡島記内《おかじまきない》どのの屋敷なんじゃが」

「エッ」

左右善の言葉に志江は小さく声を上げた。知っている。といってもその屋敷の所在とあるじの役職だけだが、殿中で大奥と表との連絡を管掌《かんしょう》する御台所御留守居番《みだいどころおるすいばん》で、堀部安兵衛や不破数右衛門らがいっとき目の敵《かたき》にした梶川与惣兵衛《かじかわよそべえ》も同職であり、一度箕之助と話題にしたことがある。箕之助も二、三度、岡島屋敷の勝手口を叩いたことがある。御台所御留守居番ともなれば献残品もけっこうな物が持ちこまれ、それの払い下げに伺候《しこう》したのだ。箕之助は別段、岡島屋敷に奇異なものは感じていない。むしろ応対した用人や腰元たちからはさわやかな印象を受けた。志江もかつて、

『あの屋敷の殿さまは、ことさら武芸にお励みのごようすで』

と、腰元仲間から聞いたことがある。弓矢と直接関係のない役職だからこそ、なおさら武士の体面を重んじ武芸に打ちこんでいたのであろう。その点は梶川与惣兵衛も似ていた

ようだ。だから殿中で浅野内匠頭を羽交い絞めにするのなど、造作もないことだったのかもしれない。

「その屋敷のご長男が大ケガをされましてのう。全身擦り傷と打撲の上に右足首のほか肋《ろっ》骨《こつ》と鎖骨《さこつ》まで折り、療治があとしばらく遅れたなら躰《からだ》は元に戻らぬばかりか、一命も危ういところじゃった。いまはもう大丈夫なのだが」

かたわらでセイがしきりに頷いている。緊急に呼ばれた左右善が万全の措置を施したのだ。あとはひと月も安静にしておれば骨は元どおりになり、身を起こすこともできるらしい。

「きのうもじゃったが、きょうもまた容態を診《み》に行きましてな。症状には安心しておるのじゃが、気になるものを見ましたのじゃ。セイがきょう気づき、しかも妙なことを言いますのじゃ。大中屋での失態のこともあり、このまま捨ててはおけないと、ついこちらまで足を伸ばした次第ですのじゃ」

左右善は話す。

「大中屋さんでの失態？　それが武家屋敷と、いったいどのような関わりが」

箕之助は卓袱台の前に上体を乗り出した。自分でも気づかず、もう踏み入ろうとしているのだ。

重傷を負った長男は誠十郎《せいじゆうろう》というらしい。足だけでなく肋骨や鎖骨まで折っている状態を見て左右善は原因《わけ》を訊いた。話したのは次男の継之輔《つぐのすけ》だったそうな。

「はあ、あそこにそういうご兄弟がおられましたのか」

と、箕之助は岡島屋敷の奥向きまでは知らない。

「さよう。いたのじゃ」

左右善はつづけた。

三日前のことだったという。

「――乗馬、早駈《はやが》けだ。兄上は好きなら自分だけで行けばいいものを、俺をよく無理やりつれて行くのだ。きょうもだった。それがこのようなことになってしもうて。俺はいつも用心深いのだが、兄上は多少できるものだから、慢心していたに相違ない」

弟の継之輔は言ったらしい。

兄の誠十郎は父記内の薫陶《くんとう》をよく受け入れ、乗馬もそのうちの一つだったようだ。早駈けにはいつも目黒川の上流まで行っていたらしい。土手道を疾駆するのである。馬上で足を踏ん張り全力疾走しているとき、誠十郎は鐙《あぶみ》を踏み外して川に転落し、継之輔のかなり前方だったからすぐに助けることはできず、相当流されてから土地の百姓にすくい上げられたという。継之輔は土地の者に頼み大八車を出させて、

「――そりゃあ大急ぎで運んださ」

言ったが、

(足の骨折は見れば分かるものを、しかも岩場を流されたこの外傷。なぜすぐ近くに医者を求めなかった)

聞きながら左右善は若い継之輔の非常識を詰《なじ》りたいほど腹が立ったという。深い切り傷を縛りもせず、出血多量のうえに大八車の直接応《こた》える振動は骨折箇所を複雑に悪化させる場合もあるのだ。それを左右善のおよそ半日におよぶ懸命の療治が防いだ。

そして三日目のきょう、部屋の床ノ間に白い蘭《らん》とともに小さな紫の花が生けてあるのを、セイが気づいたのだ。病人やケガ人の部屋に花を生けるのは、患者の心を鎮《しず》めるものとして効果はある。

「おセイ。おまえから話せ」

ここまで話してから、左右善はセイをうながした。セイは応じた。

「はい。見たのは、トリカブトなんです」

「まあ」

その言葉に志江が声を上げたのは、それが薬草だが毒草にもなることに対してではない。茎が直立するトリカブトの花は、親指ほどの小ささで歌舞伎に出てくる鳥兜《とりかぶと》に似た変わった形状をし、花瓶にも剣山《けんざん》に生けることができ、華麗で愛らしく珍重されているからである。だが、志江にそれが猛毒との知識がないわけではなく、医者が鎮痛や気付けに処方することも知っており、もちろん一般にも広く知られていることである。ただ、どのように使うかを庶民は詳しく知らないだけである。

セイはつづけた。

「最初の日、先生が痛みは今夜も襲ってこようが大事ない、これで命は大丈夫とお墨付きを与え、帰り支度をはじめたときです」

セイは廊下で、屋敷の若い従順そうな腰元にそっと声をかけられ、

「——誠十郎さまは白か紫の花がお好きで、部屋に生けてあげたいのです。姫百合かトリカブトの生えているところを知りませぬか」

訊《き》かれたという。その訊き方が、

「控えめというか、まるで隠れるように」

であったらしい。姫百合もトリカブトとおなじ性質の薬草で、扱い方によっては毒草にもなる。白い小さな花を鈴なりに咲かせ、別名を鈴蘭《すずらん》ともいい生け花にもよく使われる。腰元にすれば、医者の薬籠持なら採れる場所を知っていると見たのであろう。そこに不思議はない。むしろ適切といえよう。隠れるように訊いたというのも、屋敷の裏方を担う腰

元の奥ゆかしさが感じられようか。

だが姫百合は春から初夏にかけての花で、季節はとっくに過ぎている。トリカブトなら夏から初秋にかけてであり、探せばまだ見つかるかもしれない。セイは左右善とそれらの採取にときおり出かけている。トリカブトの採取できる場所を教えた。好きな花を見て、患者の気分がすこしでもほぐれればと思ったのである。

その花が三日目のきょう、部屋に生けてあった。なんでもない、むしろ心なごむ話のようだ。

しかし左右善は、生命に別状なしと明言したあとに腰元がそれらの花の採取できる場所を訊いたことに、ふと疑念を覚えたのだ。疾駆する馬から転げ落ちたのならその場で打ちどころが悪く即死していても不思議はない。さらに負傷のようすから、応急処置もせず大八車で屋敷まで運んだのなら、医者でなくとも途中で息を引き取るかもしれないことは予測できたはずである。勘繰《かんぐ》れば、弟の継之輔は兄の誠十郎を……。ところが生きて屋敷に着いてしまい、家人が慌てて医者を呼ぶのを傍観する以外になかった……。

左右善の表情は真剣だった。

「実はのう」

ふたたび口を開いた。

「大中屋のお糸を診たときだが、あの離れの部屋に姫百合が生けてあったのじゃ」

箕之助も志江も、まだ疑念を感じるには至っていない。左右善が生け花の話などをすることに、むしろ怪訝な表情をした。左右善はつづけた。

「あれもトリカブトとおなじで、気付けや鎮痛に使え、場合によるがうまく処方すれば止まった心ノ臓を蘇生《そせい》させることもできる。だがのう、それだけにあれを生けた花瓶の水を飲んだだけでもひどい吐き気をもよおし、心ノ臓が瞬時に止まることだってあるのじゃ」

「えっ。ならばあのとき、美樹さんはそれをお糸ちゃんに！」

ようやく志江が反応を示した。

「さよう。拭き取ったつもりじゃろが蒲団に吐いた跡がかすかに残り、口元にも引き攣《つ》ったようすがうかがえた。志江さん。あんたには分かるじゃろ。状況から見て、それができるのは美樹と女中のキヌしかおらなんだ……と」

「あっ」

志江は再度声を上げた。左右善は三田の自身番では話さなかった、美樹をお糸殺害の張本人と疑った理由《わけ》を、いま大和屋の居間で披露したのだ。

「先生！　ならば」

箕之助もここに至り、ようやく左右善がいま何を言おうとしているかを解した。

「岡島屋敷にトリカブトが生けてあったというのは」

「さよう。あれは姫百合より何倍も強烈じゃ。だから私は、献残屋のそなたらがあの屋敷の奥向きになにか通じておらぬかと思ってのう」

左右善はあらためて箕之助と志江の顔を見つめた。セイもトリカブトの採取できる場所を腰元に教えた責任を感じているのか、いまにも泣き出しそうな表情をしていた。それは目黒川を南へ越えた目黒不動尊の向こうで、女の足でも一日あれば十分に行って採取し、帰って来られる場所だったのだ。

「おまえさま」

「うむ」

志江が言ったのへ箕之助は応じ、腰を上げかけた。御台所御留守居番の嫡子《ちゃくし》が重傷とあっては、見舞いの品が集まっているはずである。そこに献残屋が顔を出しても不自然ではない。むしろ屋敷では待っているかもしれない。

だが、箕之助は上げようとした腰を下ろした。陽が落ちかけ、外は夕刻の気配を帯びはじめていたのだ。商いに赴《おもむ》くには自然な時刻をすぎている。

「ともかくそういうことでのう。つい邪魔をしてしもうた」

左右善は湯呑みを卓袱台に置いた。大和屋が岡島屋敷について妙な噂をなにも聞いていないことに、むしろ安堵の表情を示していた。

だがセイは、まだ救いを求めるような目であった。

「お役に立ちませぬで。あすには岡島さまのお屋敷に伺ってみましょう」

腰を上げた左右善に箕之助は言い、志江も頷いていた。


寅治郎と舞が一緒に大和屋へ顔を見せたのは、そのあとすぐであった。

「お姐さん、これ」

と、舞が古い傘の油紙で包んだ烏賊《いか》焼きを示した。古い傘の油紙は、張り芳の手代がいつも量のたまったころ売りにくるのだ。茶屋や惣菜《そうざい》屋では包み紙として重宝している。香ばしいかおりが玄関に広がる。舞が店のあまり物を持ってくることはよくある。そのたびに寅治郎も大和屋に上がりこみ、留吉も遅れて大和屋にやってきてはにぎやかな夕餉《ゆうげ》となる。

「あらあら。留吉さんも早く来ればいいのだけど」

志江が言うと、

「きょうはいいのよ。増上寺門前町の普請場がこけら落としで遅くなるって。あしたからつぎの大きな普請がはじまるまで、しばらくあちこちの修繕まわりだって」

「まあ、とうとうあそこも終わったのね」

舞と志江が台所に入りながら話している。そのようなことより、箕之助は寅治郎に左右善の持って来た話をしたかった。なんといっても武家の事情には寅治郎のほうが詳しいのだ。どんな些細《ささい》なことからも、いかなる重大な話が出てくるかもしれない。

「どうした。さっきから何か言いたそうな顔だが」

寅治郎はそれに気づいたのか、卓袱台の前に座りながら言った。

「そうなんですよ」

箕之助は応じ、話しはじめた。台所の声はやんだ。舞も聞き耳を立てている。

烏賊焼きや味噌汁が卓袱台の上にならんだ。

寅治郎はそれらに箸をつけるよりも腕を組み、

「うーん」

唸《うな》った。やはり、いま聞いたトリカブトが気になるのだ。腕をほどいた。

「なぜ左右善どのから聞いたとき、すぐに行かなかった」

詰問するように寅治郎は言った。

「なぜって、もう遅かったし」

「馬鹿。手遅れになるかもしれんぞ」

真剣な顔だった。もし大中屋での一件のようなことがそこに潜んでいたなら、

「容態が回復してしまってからでは遅い」

「あっ」

箕之助は得心の声を出した。左右善がトリカブトに疑念を持ったのは、大中屋の一件があったからこそであり、寅治郎もおなじようなことを念頭に浮かべたのである。

（ケガが原因と装《よそお》うには、今夜かもしれない）

勘繰りをさらに先へ進めても、用心を思えば不思議はない。

「ともかくだ」

寅治郎は箸を進めるのと同時につづけた。

「動機があるとすれば、考えられるのは継之輔が武家の次男で誠十郎とやらが嫡子ということだ」

武士ならではの、まっさきに浮かぶ動機である。その言を聞き、志江が真顔になった。もと腰元で、武家の内幕は知っている。家のすべてを継ぐのは嫡子であり、財産分与など法度《はっと》にも発想にもない。女なら嫁に行けるが、男が家を出るには他家に養子の口を見つける以外にない。そのような幸運に恵まれなかったなら、次男三男は家を継いだ長男をあるじに居候《いそうろう》の身となり、兄に子ができれば邪魔な叔父と見られながら、ますます肩身を狭

くして一生を終えなければならないのだ。いわゆる部屋住《へやずみ》の飼い殺しである。だが、他家への養子以外に身の立つ機会はある。長兄の死である。しかしそのような機会など、養子の口以上にめったにあるものではない。

「だから次三男の将来とは、生まれながらにして見えておるのよ」

「うーん」

寅治郎の弁に、今度は箕之助が呻《うな》った。その脳裡に浮かんだものを、

「だったら今夜にでも一服……。それに、鐙《あぶみ》って馬に乗るとき足をかけるあれなんでしょう。だったら、誠十郎さんていうのが馬から落っこちたのも、継之輔さんとかが細工を……まあ、ああ恐ろしい」

舞が口にした。

「それはまだ飛躍に過ぎるかもしれんがのう。ともかく、その誠十郎と継之輔とやらの兄弟の仲がいかようであったかを調べれば、案外容易に全貌が見えてくるかもしれんぞ。それにしても、ま、他家のことだ」

寅治郎はつけ足した。

だが箕之助は、

（さっそくあした）

思い、烏賊焼きを勢いよく噛みはじめた。

二

「お姐さん、お早う」

日の出のころいつものように舞が大和屋の玄関口に朝の声をながした。志江はおもての板戸を開けたばかりだった。腰高障子も開けられ、中が見えた。箕之助もすでに身支度をととのえているようだ。

「きのうの話、なにかあったら教えてね」

言いながら玄関の前を田町の方向へ通り過ぎた。このあと陽が通りにも射しはじめたころ、こんどは寅治郎が悠然と田町のほうへ向かうはずである。

箕之助が玄関を出たのは、寅治郎が田町八丁目に向かったすぐあとだった。向かう先は、商いの顔つなぎにはまだ早い時刻だが、もちろん岡島屋敷である。志江も見送りにおもてまで出てきた。

「ヘッヘッヘ。きのう、舞から聞きましたぜ」

不意に背後から声をかけてきた男がいた。留吉である。箕之助は出かけようとした足を

とめ、志乃も振り返り、

「あら留吉さん、早いのね。きょうから修繕まわりだと聞いたけど」

なるほど大工道具を担いでいる。

「そんなことよりも、あっし一人を蚊帳《かや》の外ってのはねえでがしょ」

留吉はなにやら嬉しそうに近づいてくる。

「蚊帳の外って、わたしはこれから三田寺町のほうだよ。留さんは仕事では」

「ハハハ、知ってまさあ。きょうまわるところは棟梁に言われやしてね。その三田寺町なんでさあ。そこのどこだと思いやす」

「えっ、まさか」

箕之助が驚くように問い返したのへ留吉は、

「そのまさかじゃねえのですが、舞から聞いた岡島屋敷のおとなりさんで、志村《しむら》さまのお屋敷でさあ。どうです、お役に立てそうでがしょ。だからこうして早めに出て来たってわけでさあ」

なるほど留吉が嬉しそうにしている理由が分かった。志村屋敷は岡島家と役職は異なるがおなじ五百石で、広い敷地に仕切りの白壁を隔てているだけである。

「ほう。それならおなじ方向だ」

箕之助は大きく頷き、道具箱を担いだ留吉と肩をならべ街道のほうへ歩み出した。箕之助は、商いの品だが見舞用にといくらかの雲丹《うに》とそれを乗せる檜台を風呂敷に包み、小脇に抱えている。

二人は街道を横切り、町家をへて武家地に入る近道を三田寺町に向かった。

「きのう舞から聞いたときにゃ驚きましたぜ。あっしがきょう行く屋敷のとなりっていうじゃねえですかい。しかも、なにやら大中屋と似ているような」

「それよりも留吉さん。修理普請はどこを？」

箕之助は期待した。屋外での普請なら接触するのは中間《ちゅうげん》たちだが、屋内なら腰元たちとも話ができる。奥の腰元たちは、外から来た職人と話をしたがるものである。町の噂を聞きたいのだ。いまなにが話題か、どこそこの汁粉が甘くおいしいかなどと、とくに貸本屋や小間物屋などは話術が商いの大事な要素ともなっているほどである。

「台所でさあ。修繕といったって古い内装を変えちまうそうだから、十数日はかかりましょうかねえ」

「ほうほう。それはいい」

「いいって、なにがですかい」

「お屋敷のお腰元衆にねえ、岡島屋敷の兄弟の仲を聞いておいてもらいたいんだ」

鉋《かんな》をかけながらや板を張りながらでも、聞く時間はたっぷりとある。しかも直接岡島屋敷の奉公人に訊くよりも、となり屋敷のほうが訊きやすい。話すほうも気軽に話せるというものである。

「兄弟って、馬から落っこちて大ケガをしたのと、いまいち出来のよくねえ、継《つ》なんとかっていう野郎のですかい。ついでにトリカブトの話もこっちから流してやりますかい」

留吉は舞からけっこう詳しく聞いているようだ。

「知ってまさあね。根のことを付子《ぶし》っていうの、トリカブトのことでがしょ。そいつをなめるとたんに顔までゆがめて痙攣《けいれん》を起こし、それで醜女《しこめ》のことをブスなんていうやつもいるって」

妙な知識もあるようだ。聞きながら箕之助はなるほどと思った。それに近い話を、きのう左右善から聞いたのだ。煎じ薬にするのは付子の部分だが、薬になる量を超えたものを胃ノ腑に入れるとたちまち痙攣を起こして死に至る、と。体力が弱まっているときなどは、痙攣は瞬時で苦悶の声さえなく、ほとんど即死ということもあるらしい。毒物の衝撃による心臓発作のようだ。

「ま、そうらしいな」

箕之助は留吉に返した。

二人は速足《はやあし》で、もう寺町に入っていた。長くつづく壁の向こうから、まだかすかに朝のお勤めの読経が聞こえてくる。片側がお寺の壁で、もう一方が武家屋敷の白壁といった往還で、歩いているのは箕之助と留吉だけだった。が、いくぶん歩いたところで脇道から軽装の武士が一人飛び出てきて二人とすれ違った。いずれかの屋敷の若党《わかとう》であろう。

「へん。なんでえ、朝から慌てやがって」

留吉は脇に避け、箕之助は走り去った若党を目で追った。身分は軽輩だが、屋敷に仕える歴とした士分である。

(まさか岡島屋敷の者では)

予感が脳裡をよぎった。

「そこの脇をまがれば、ほれ、お目当てのお屋敷ですぜ」

「うむ」

留吉が言ったのへ箕之助は頷き、風呂敷包みを抱える手に力を入れた。さっき若党が走り出てきた脇道である。

裏手にまわった。二つの屋敷の勝手口はおなじ路地にかなりの間をおいて板戸をならべている。

「じゃあ、頼むね」

「ようがすよ」

二人は離れた。留吉は肩の道具箱をぐいと前に引き、腰をかがめた。留吉のほうが張り切っているようだ。

箕之助は板戸を叩いた。二度、三度、なかなか応答がない。留吉はもう志村屋敷の中に入ったようだ。往還に姿が見えない。

さらに叩いた。

「誰でえ、まだ朝の時分というに」

ようやく返事があった。早口だった。正面の大門だったら脇の耳門《くぐりもん》を叩く外来者に門番の中間は姿が見えずとも丁重な言葉を使うが、勝手口ともなれば訪《おとな》うのは行商か出入りの職人くらいである。自然、ぞんざいな言葉しか返ってこない。これも武家屋敷の裏と表の顔である。

板戸が中から引き開けられ、中間の顔がのぞいた。以前来たときとはまったく違い、あきらかに迷惑そうな、しかも慌てているような表情である。箕之助は最初から腰を折っている。

「芝三丁目の献残屋で大和屋と申します。こちらの若さまがなにやらご災難に遭われたと聞き、とりあえず駈けつけたしだいです。いかなごようすでございましょうか」

風呂敷包みを前に差し出した。

中間は目もくれず、

「いかなようす？　なにを呑気《のんき》なこと言ってやがる。それでいまこっちは大わらわなんだ。帰れ、帰れ、帰れ」

「えっ。ならばさっき外で若党さまが走っておられるのを見かけましたが、こちらのお屋敷の？」

「見たのかい。おまえさんがいうご長男さまの息が切れたらしいのよ。朝起きて女中が部屋に行くとなあ。え、なんでこんなことをおまえさんに。さあ、帰った帰った」

中間は箕之助を押し返すように板戸を閉めた。瞬時、裏庭越しに建物のほうへ目をやった。たしかに慌しい気配が感じられた。

ふたたび閉じられた板戸の外ですぐ、

（トリカブト）

箕之助は脳裡に走らせた。身を動かした。留吉の入った板戸へ小走りになった。訪いを入れると、こちらはすぐに開いた。

「あゝ、大工ならさっき来たけど。もう物置の脇から中庭へ入ったぜ。台所の普請だって言ってたなあ。奥からもそのことはちゃんと聞いている」

志村屋敷の中間は言う。屋敷内の連絡ごとはうまくいっているようだ。留吉に至急の連絡があるからと頼むと、中間はその真剣な表情に尋常でないものを感じたのか、母屋へつなぎに走るまでもなく、

「ついて来な」

さきに立って奥のほうへ向かった。

母屋の裏手から突き出たような納戸《なんど》と物置のすき間に入った。物置といっても五百石のお屋敷である。厚い白壁に見上げるほど上のほうに金網を張った窓があり、中はおそらく二階形式になっているのだろう。そこを抜けると植込みのある中庭が広がっている。母屋の一角である台所はその庭に面していた。となりの岡島屋敷も、似たような構造なのだろう。そこでいま起きていることを想像すると、戦慄を覚えざるを得ない。きのう遅くなってからでも行っておけば……との思いが込み上げもするが、

(わたしが行ったところで、起こる事態に変わりはなかったろうが)

感じるのは、自分で自分を慰めようとするものでもあった。

中間は庭から台所に声をかけた。留吉は中で腰元二人と話していた。あまり早すぎたせいか、下職《したじょく》がまだ木材を運んできておらず、大まかな仕事の段取りよりも、直接現場を

使う腰元から一応の希望を聞いていたのだ。

「お？　箕之助旦那、どうなされたい。やっぱり早すぎて締め出されなさったか」

「いや。遅すぎたんだ」

腰元との話を中断し振り返った留吉に、箕之助は返しながら台所の敷居をまたいだ。八百屋や魚屋がいつも出入りしている土間である。

「えっ、遅すぎた？　どういうことだい。まさか岡島家の若殿が！」

入ってきた商人と大工の思わぬやりとりに、志村屋敷の腰元たちは色めき立った。ましてそれが隣家の件とあってはなおさらである。

「えっ、となりの若殿が」

案内してきた中間も敷居を一歩入った。数日前落馬して大八車で帰ってきたことはすでに知られているようだ。

「それで、なにか変わったことが？」

腰元の一人が顔を土間の箕之助に向けた。

「息を引き取りなさったらしい」

「えっ」

「やっぱり」

中間や腰元の上げた声に、

「まだ詳しくは存じませぬが」

返し、

「おとなりなものですから、人のお出入りが多くなって木材の運びこみに影響が出るかもしれず、ともかく留さんに知らせておかなければと思い。わたしはこれから行かねばならないところがあるので」

「おう、左右善先生とこかい」

志村屋敷の女中や中間たちは、飛びこんできた話題の大きさに、さっそくひそひそ話に入ったようである。これで留吉は存分に隣家の兄弟の、さらに親子に関する話まで聞き込むことができよう。

志村屋敷の勝手口を出た箕之助の足は、三田二丁目に向かったのではない。左右善のところには、さきほどの若党が走っているはずである。箕之助は赤羽橋に向かった。といっても、道程は三田寺町の脇道を札ノ辻から分岐した往還に向かい、田町二丁目に出てから赤羽橋に向かうのである。いずれの寺も、すでに朝の勤行《ごんぎょう》は終えたようだ。札ノ辻からの往還に出ようとしたときである。

「あっ」

箕之助は足をとめた。さきほどの岡島屋敷の若党に急かされるように、左右善が往還から寺町の脇道に入ってきたのだ。薬籠は若党が抱え、セイはいなかった。

「先生！　岡島さまのお屋敷へですか。わたしもさっき行って耳にしました。で、セイちゃんは？」

箕之助は足をとめた。

「おう」

左右善も足をとめた。すでに息せき切っている。

「おまえさんが、来るじゃろと思い、つなぎの用にと、療治処に残しておいた」

「あっ、それはようございました。至急、薬籠持には志江を代役に遣《つか》わせます」

「うむ」

左右善は即座に応じた。箕之助の「あっ」という得心したような声に、その胸中を悟ったのである。すでに屋敷には、怪しげな何かがあるかもしれないと疑念を抱いている二人である。屋敷内に入り、雰囲気から手掛かりを探ろうとするなら、若いセイよりも志江のほうが適任である。

「先生、早く」

若党が怪訝な目を箕之助に向け、左右善をまた急かせた。

「では、先生」

簔之助も左右善と目を合わせ、急いだ。脇街道の三田二丁目の往還に出ると、左右善の療治処は近い。寄り道というほどのこともない。セイはいた。一人でいまにも泣き出しそうな、きのうよりもさらに深刻な顔になっていた。簔之助に言われ、弾《はじ》かれたように芝三丁目に走った。志江は話を聞けば、すぐに岡島屋敷へ急ぐだろう。

簔之助は療治処を出ると、ふたたび往還を赤羽橋へと急いだ。

番頭の温次郎が、

「おや、ちかごろ忙しそうだね」

心得たもので、言いながら奥への廊下を手で示す。

「どうしたね」

庭に面した部屋で、仁兵衛は顔を上げた。増上寺でも、もう朝の勤行の時間は過ぎたようだ。簔之助の慌しい足音と顔のようすから、尋常ではなく、しかも緊迫性を帯びた話を持ってきたことを悟った。

(こうも動作にも顔にも出すとは、まだ修行が足りんな)

簔之助が話を切り出すわずかな時間に、仁兵衛は思ったものである。

「旦那さま、またご支援を願いたいのです」

「なにごとかね。また病気になれとでも言うのかな」

いきなり言う箕之助に、仁兵衛はゆったりとした口調で返した。

「いえ、こんどはそのような」

箕之助は応じ、言葉をつづけた。それの進むなかに、仁兵衛は事の重大さを感じながらも、表情は変えない。

「ふむ、大中屋さんの二番煎じか。もしそうだとしたら、馬鹿な部屋住だねえ」

途中にひとこと入れたのみである。

最後になり、

「箕之助や。そりゃあ出来ぬ。それにおまえ、料簡が違《ちご》うておりゃせんか」

「はあぁ？」

勢いこんでいたのが一変、箕之助は仁兵衛の顔をのぞきこんだ。二つの小さな目が箕之助を見返す。箕之助は、岡島家の屋敷内は左右善と志江に任せ、外では八丁堀を呼びこんで鐙にも注目させ、目黒川での一部始終を住民に聞き込ませれば、継之輔の行状を白日の下にさらすことができようかと踏んだのだ。大中屋の一件も、それに近い筋道を経て美樹とキヌの犯行が明らかにされたのだ。

「八丁堀はな、武家屋敷には入れんよ」

「ですから中は左右善先生と志江に、お役人には目黒川の線からたぐってもらえば」

「分からんか、箕之助」

仁兵衛は箕之助の言葉をさえぎった。

「武家の揉め事に奉行所が手を出したのでは、事が大きければ大きいほど、かえっていい加減なところで幕引きになってしまうものだ。それにな」

奥まった双眸が箕之助をにらんだ。

「ものごとには、おもてに出していい話と、出してはならぬことがある。そこをどう判断して幕を引くかだ。おまえがそれを心得ぬとは、献残屋を何年やっている」

きつい言葉である。ハッとするものが箕之助にはあった。その表情を見てとった仁兵衛はさらにかぶせるように言った。

「おまえはまた踏み入ってしまったようだな。こんどは儂《わし》抜きでやってみろ。あの一帯はおまえに引き渡した商いの地だ。自分で動き、ほどよい幕引きの間合いを考え、あとにはその屋敷を大和屋のいいお得意にしなきゃなあ」

「へえ」

箕之助は、丁稚時代に戻ったような返答を返した。

「そうそう」

腰を浮かせかけた箕之助を仁兵衛は呼びとめ、

「志江さんが三田寺町に出かけたんじゃ、芝三丁目は留守になるなあ。嘉吉や、嘉吉」

おもてのほうに大きな声を投げた。

三

セイが芝三丁目の大和屋に駈けこんでから、ふたたび出てきたときには果たして志江が一緒だった。途中、志江は三田二丁目で左右善の療治処に立ち寄り、つぎに一人で出てきたときには包帯や塗り薬を入れた風呂敷包みを小脇に抱えていた。代役の薬籠持らしく見せるため、留守番役になるセイが用意したのだ。

岡島屋敷の正面門は閉じられていた。脇の耳門《くぐりもん》から志江は中に入れられたが、屋敷の者の応対はなぜか冷たかった。

玄関の式台を上がってから案内に出てきたのは、若い腰元だった。

「あら。この前の子供のような付き添いさんとは別の人のようね」

志江を見てそう口に出したことから、これがセイにトリカブトの採取場所を訊いた腰元

であることは分かった。だが、

(妙な)

志江は感じざるを得なかった。セイが言っていたような、控えめで、しかも隠れるような雰囲気ではないのだ。

それだけではなかった。

「新たな包帯も入っておりますれば、若さまのお部屋に」

風呂敷包みを示し、志江は案内を請うた。左右善はそこにいるものと思ったのだ。

だが、

「包帯？　もうとっくに手遅れですよ、さようなもの」

腰元は言った。誠十郎の死は明らかだ。だが、「とっくに手遅れ」などとは、奥向きの世話をしている腰元の言うべき言葉ではない。

「えっ。ならば左右善はいずれに」

訊いた。志江の問いに驚きの声がともなったのは、誠十郎の死に対してではない。腰元の通常では考えられない言葉に対してである。

さらに見た。別室に案内される途中、

「さあさあ、あなたがた。これからお葬式なんだから、飾りになるようなものは全部かたづけてくださいな。生け花もですよ」

　廊下でその腰元が他の腰元たちに言ったのだ。その言いようは、年若の腰元にしては不自然であり、高慢さを感じる。言われたほうは憮然としたようすだった。なかには女中頭《じょちゅうがしら》と思える年配の腰元もいた。いまいましそうに年若の腰元をにらみつけた。その目に年若の腰元は返した。

「誠十郎さまのお部屋には奥方さまがおられるゆえ、あたくしが見まする」

「なにを言いいやる。女中頭はあたくしですぞ」

　やはり女中頭だった。志江の目の前で、いまにも腰元たちの諍《いさか》いがはじまりそうになった。志江は割って入った。

「あのう、左右善はいずれの部屋に」

　場は一応収まった。

　志江は感じた。屋敷の親戚筋から来た若い腰元や、奥方のお気に入りが古参の腰元より偉そうにし、諍《いさか》いを起こすのは珍しいことではない。しかし、この年若の腰元はそれが露骨すぎる。

（やはりなにやらありそう。この若い腰元、背伸びをしている）

　それも、

(急に)

である。

案内された部屋も、紛糾《ふんきゅう》しているようであった。部屋には左右善とあるじの岡島記内、それに継之輔の三人だけであった。奥方は誠十郎の部屋で、震える身を抑えながら遺体に付き添っているのであろう。部屋からは、左右善ではなく記内と継之輔の声が聞こえてきた。

「継之輔、そなたおかしいではないか。医者が死因を調べたいと申すのを断り、さっきも誠十郎の息がもう絶えているから医者を呼ぶ必要はないなどと申しおって」

「絶えておりました。それをまた検死まがいに、兄上への冒瀆《ぼうとく》ではございませぬか。ですから私は、当人の前ですが、かような町医者よりも時をかけてでもしかるべき御殿医をと申し上げたのです」

どうやら、近くの三田二丁目に若党を走らせたのは記内のようだ。

この屋敷に左右善は駈けつけ、玄関の式台にオロオロしながら待っていた奥方と女中頭に案内され、誠十郎の部屋に入り容態を診るなり直感した。死後硬直のないところから、死んだのは今朝方早い時刻と思われる。女中頭の話では、年若の腰元が朝のお粥《かゆ》を部屋に運び、誠十郎の異変に気づいたのだという。床の間には、空の花瓶だけでトリカブトはすでに見当たらなかった。

（やはり）

左右善は誠十郎の死顔に感じ取った。瞬時の苦悶の跡である。医者の立場から、回復に向かっていた骨折や傷が原因でないことは断言できる。考えられることは一つしかない。それを左右善は明らかにしたい思いに駆られた。死体検《あらた》めもどきのうえに、部屋の湯呑みや用意した膳も床ノ間の花瓶も手をつけずそのままにと申し入れたのだ。継之輔が言うのも分かる。申し出はまるで役人の臨検のようなのだ。屋敷には五百石の体面がある。それはあるじの記内が承知しなかった。だが途中で死体検めもどきに承知しようかという気になったのは、なおも申し入れる左右善に、あまりにも頑強に反対する継之輔のようすにかえって疑念を覚えたからであった。その親子のやりとりが、さきほどの腰元たちではないが、左右善の眼前でつづいていたのである。

「失礼いたしまする」

志江は部屋の襖《ふすま》に手をかけた。聞きなれぬ声に室内の声はやんだ。

「先生。予備の包帯と薬草を持って参りましたが」

膝を折り、襖を開けた志江は、部屋全体に焦りのあるのを感じながら言った。焦りの源《みなもと》はむろん継之輔である。

「おうおう、持ってきてくれたか。ご遺体の、せめて血の滲んだ包帯だけでも替えておこう」

左右善はこの機を逃さずといったようすで腰を浮かしかけた。

「ならぬ。それは親族の俺がする」

継之輔は慌てたように立ち上がった。廊下で志江は継之輔の前をさえぎろうとした。あるじの記内は判断に迷っている。

そのやりとりの最中だった。女中頭が廊下をすり足で駈けてきた。

「奥方さまが！　奥方さまがお倒れにっ」

状況は一変した。

「えっ」

左右善は薬籠を手に部屋を飛び出した。

「待たれいっ。別室に運ぶゆえ」

「アァア」

志江が声を上げた。継之輔が志江を突き飛ばし左右善を追ったのだ。

「うむむ」

部屋には記内の狼狽する呻《うめ》きのみが残った。

誠十郎の部屋も狼狽のきわみに達していた。奥方が蒲団の上から誠十郎の遺体を抱きこむようにうつ伏せに身を崩しているのだ。腰元たちがまわりでどうしてよいか分からず、

「奥方さま、奥方さま」

ただ叫んでいるばかりである。左右善はすかさず奥方の脈をとり眼と舌を調べ、安堵したような頷きを見せた。奥方は極度の緊張から気を失ったのであろう。早朝から驚愕と悲しみに凝《じ》っと耐え、泣くことさえ抑《おさ》えていたのだ。

左右善の指示で志江が奥方の肩に手をかけた。

「早く別間へ！」

背後から言ったのは継之輔であった。

「さあ、おまえたちも早く」

腰元に顔を向けた。腰元衆はまだ狼狽しながらもまわりから奥方を抱え起こそうとする。そのなかにあの年若の者も混じっている。女中頭が乱れた誠十郎の蒲団を直そうとした。継之輔がまた発した。

「この部屋に関するはすべておコンに任せる。あと落ち着けば、母上の身のまわりについてもだ！」

年若の腰元はコンという名のようだ。

「えっ？　ですが」

女中頭が蒲団にかけた手をとめ継之輔を見上げた。

「何をしておる。おまえも早《はよ》う母上を運ばぬか」

「は、はい」

叱りつける口調に、女中頭は困惑したように蒲団から手を離した。誠十郎の死去したいま、継之輔が岡島家の嫡子である。その言は、屋敷内においてはあるじの記内に次いで重くなっているのだ。

「あい」

コンはしおらしい返事とともに女中頭と入れ替わった。そのとき、コンの口元にかすかな笑みが浮かんだのを志江は見逃さなかった。同時に、それらを見下ろす継之輔の表情にも、瞬時不敵な歪《ゆが》みが走ったのを認めた。瞬間の表情は、その者の内面を適確にあらわすものだ。だがいま、それがコンに対するものなのか、あるいは誠十郎の死に対してなのか、志江はにわかに判断しかねた。

一同の動きは廊下に移った。部屋にはコンのみが残った。左右善と志江は他の腰元たちの動きについて行かねばならない。母屋の奥の部屋である。奥方の精神的な困憊《こんぱい》は相当深いようだ。腰元たちによって蒲団に寝かされてからも、気を取り戻すようすは一向にない。左右善はあらためて容態を診《み》た。適宜《てきぎ》な休息さえ得れば時とともに回復する病状のものだが、眠っているいまは気付けの薬湯を飲ませることもできない。それに、目を覚ましても誠十郎の死という要因は去らないのだ。しばらくは寝たり起きたりの悶々とした状態がつづこうか。

左右善はそれを部屋に入ってきた記内に説明し、

「夕刻までには気がつかれよう。そのときにはまたご連絡をくだされ。薬湯を調合して進ぜるゆえ」

女中頭に向かって言った。だが、すかさず返答を返したのは継之輔であった。

「いや。母上に関してもおコンに任せると言うたはず。左右善どのと申されたなあ。おコンを遣《つか》いにやるゆえ、そのときまたお出《い》でくだされ」

すでにこの家の嫡子然とした言いようであった。女中頭は従う以外にない。

「よろしく頼むぞ」

かたわらで記内は言ったのみである。

左右善は苦々しさを覚えた。わざわざ女中頭に顔を向けて薬湯の話をしたのは、女中頭が療治処へ来れば、屋敷内のようすやコンとやらの最近の行状が聞かれるかもしれないと思ったからだった。その筋道を継之輔はつぶした。なるほど継之輔は、左右善が誠十郎の死因に疑念を抱いていることに、もう感づいているかもしれない。ならばなおさらめったな者を左右善と接触させられないととっさに判断したのであろうか。

（かえっておコンが継之輔と結託していることを示すもの）

左右善と志江は同時に感じた。

すでに昼時分を過ぎていた。嫡子となった継之輔に、なかば追い立てられるようであった。帰り、正面門までは女中頭が出てきて見送ったが、背後に視線を感じた。女中頭が無駄話などしないよう、継之輔が見張っていたのだ。


耳門が閉じられ、二人は三田寺町の往還に歩を進めた。人通りはない。左右善と志江はさきほどから感じたことを互いに披露し、屋敷内で一致した感触を得たことを確認し合った。

（やはり志江さんに来てもらってよかった）

左右善には感じられてくる。

「奥方の気がつくのが夜になっても、やはり遣いに来るのはおコンとかいう腰元になろうかなあ」

左右善は志江へ問うように言った。どこの武家屋敷でも奥方の私的な買い物以外、外部との連絡はすべて中間か若党の仕事である。まして暗くなってから、腰元が外に出ることなど考えられない。

だが志江は、

「来ますよ」

断言するように言った。武家屋敷の腰元にとって、最も重要なのは奥方の身近にあって気に入られることである。それをわざわざ嫡子となった継之輔が指定したとあれば、

「たとえ風雨とあっても、かならず来るはずです」

志江は繰り返した。

四

三田寺町の脇道を札ノ辻からの往還に出ると、こちらには大八車や荷馬に人の通りもチラホラとある。ときおり辻駕籠が駈けていくのは、さすがに東海道とつながっているせいであろうか。初秋の太陽に昼間の短い影を往還に落としながら、左右善と志江の口は閉じられた。

三田二丁目の療治処に着くと、箕之助と留吉がセイとともに待っていた。箕之助は蓬萊屋の帰り、ふたたび岡島屋敷の白壁を見つめ、となりの志村屋敷の勝手口を叩いて午《ひる》は三田二丁目の療治処で待っているからと留吉に告げ、あとはセイとひたすら待ったのだ。芝三丁目の店には蓬萊屋の嘉吉が入っていてくれているので安心だ。

箕之助も留吉も中食をすませていた。セイが腕によりをかけて用意したのだ。セイにすれば、じっとしているより動いているほうが、気が休まるのであろう。玄関に音がすると同時に、

「先生！」

部屋を飛び出した。

「やはり、やりおった。継之輔と断定はできなかったがのう。なあに、おまえがおコンに採取地を教えたからではない。おまえが言わずとも誰かに訊いたであろうよ。案ずるな。そうそう、あの腰元、コンというらしい」

左右善の言っているのが玄関から聞こえてきた。

「そうですよ、おセイちゃん」

志江の声も聞こえた。セイの気持ちをやわらげようとしているのだろう。トリカブトの採取地を教えたことを、セイはまだ強く気にしているのだ。

「遅かったじゃねえですかい」

部屋に入るなり、留吉の声が迎えた。左右善にとって留吉が来ていたのは意外だったろうが、箕之助の来ているのは望んでもいたことだから、べつだん驚きもしなかった。志江は当然といった顔つきである。

セイがふたたび台所に入って耳をかたむけるなか、左右善と志江はさっそく交互に岡島屋敷のようすを話し出した。留吉がさきを急かしながら、じれったそうに聞いている。自分も話したいことがあるのだ。途中「それなら」と割りこまなかったのは、すでに箕之助とセイには話していたからであろう。だが、

「それなら、辻褄《つじつま》がどんぴしゃり合いますぜ」

志江が、継之輔とコンが結託しているかもしれないことを話すと、留吉は待ちかねたように割りこんだ。

「結託どころじゃありやせんぜ」

箕之助は頷いていた。留吉はつづけた。

コンは十日ほど前、となりの志村家の腰元たちに、

「——あたし、もうすぐ玉《たま》の輿《こし》なの。そうなりゃ、あんたたちにも悪いようにはしないわ。フフフ」

などと話していたというのである。隣家の腰元たちには、その相手が継之輔であることはすぐに分かったらしい。コンが以前から、なにかと次男の継之輔から目をかけられていることを自慢げに話していたというのだ。

「まあ」

志江はそこまで予測はしていなかったようだ。

「無理ですよ、そんなの」

即座につないだ。武士でも下級の御家人か、旗本でも十石か二十石の微禄で内職に明け暮れねばならない家ならともかく、五百石の高禄でしかもあるじが御台所御留守居番の旗本家とあっては、たとえ次男といえど屋敷の奉公人と結ばれるなど、あってはならないことなのだ。

案の定だった。

「そのコンてえ若い腰元、どこかの百姓娘で奉公に上がってから、まだ半年にもならねえらしいですよ」

留吉は隣家の腰元たちから聞き込んでいた。志江が厳然たる武家の不文律を理解するまでには、数年かかったものである。それを犯した場合、騒動にも事件にもなり、おもてには出せない悲劇まで生むことを志江は知っている。要するにコンは、まだ無知なのである。

「許せませぬ」

志江は強い口調で言った。コンに対してではない。無知なコンをそのような思いにさせた継之輔に対してである。

さらに留吉が聞き込んだところでは、隣家の次男坊は兄の誠十郎とは正反対に、

「――ぐうたらの部屋住が似合っている男」

であるらしい。ときには近辺の腰元衆にまで色目をつかい、

「――あたしたち、道で会ったときなど避けていたもの」

腰元の一人が言うと、他の腰元たちも、

「しきりに頷いておりやしてね」

留吉は言うのである。

「どうやらおコンは、継之輔の手の内で踊らされているのかもしれぬのう」

左右善が聞き役からふたたび話し手に戻り、

「うーむ。このあと、目が離せぬ事態も考えられようか」

自分で自分の言葉につないだ。屋敷でコンにはあまり好ましい印象は受けなかったものの、内幕の一端を知ればそれは消え、むしろ同情に近いものが湧いてきたようだ。それは

志江もおなじだった。

「あっ。あっしはそろそろ仕事に戻らなくちゃ」

留吉は不意に勢いよく立ち上がった。道具箱は志村屋敷の台所に置いてきたのだろう、腰切半纏だけを肩に引っかけなおした。志村屋敷の台所では腰元たちが留吉のまわりに群がるだろう。中間たちも集まって来ようか。なにしろ、志村屋敷にとって隣家である岡島家激震の最も新しい内幕を耳にしているのだ。それも嫡子に毒殺の疑念があるというようなな、人が一生に一度聞くか聞かないかほどの超一級の種《ねた》なのだ。日を置かずしてそれは白壁からあふれ出すことになろう。継之輔は焦り、早急に新たな動きを見せるかもしれないことが容易に想像できる。

「あゝ、留さん」

玄関を出ようとする留吉を左右善は呼びとめた。留吉は振り返った。

「志村屋敷の修理普請が終わるまで、ここから通わぬか。毎日芝二丁目まで帰ってまた出てくるのでは遠かろう」

「えっ」

留吉へかけられた言葉に、当人ばかりか箕之助や志江も驚き、顔を見合わせた。辻斬り浪人に敵《かたき》とつけ狙われていたときでさえ、用心のため人を療治処に置くなど考えもしなかった左右善である。それだけこたびの件には積極的になっているのだ。大中屋のとき同様、今回もまた毒殺を防げなかったことが、心の奥に尾を引いているのかもしれない。やはりセイがトリカブトの採取地をコンに教えたのも、左右善が自分の手で奥を解明したいと痛感する一因となっていようか。セイは留吉の顔を見つめ、無言で頷いていた。

「へへ。ならば道具箱は普請場に置いたままにしやすが、槍鉋《やりがんな》は毎日持って帰りましょうかい」

留吉は返し、いっそう張り切ったようにおもてへ飛び出していった。留吉にとって普請場が遠方のとき、十日も二十日も泊まりこみになることなど珍しくはないのだ。

療治処の部屋に静けさが戻った。

（捨ててはおけぬ）

箕之助の胸にも、その思いは強まる。だが、ため息が洩れる。手をつけるには、新たに起こる事態を待ち、それをきっかけに踏み入る以外にない。

箕之助と志江は帰途についた。まだ陽は高い。

近道の武家地を通った。歩きながら、

「留吉さん、槍鉋などといやに張り切っていたけど、大丈夫かしら」

志江が言ったのへ、

「あゝ」

簑之助は返したのみだった。ただ、黙々と歩を進めている。志江も黙した。前方の角から、いずれのお屋敷か若党や供奴を従えた権門駕籠が通りに入ってきた。脇に避け、軽く一礼した。通り過ぎた。

「おまえさま。なにを考えているのです？」

志江はふたたび問いを入れた。

「ふむ」

こんどは応じた。

「きょうね、仁兵衛旦那に言われてしまったよ」

「なんて？」

「なにごとも、どう幕を引くかが大事だって」

「そうね」

志江は返した。

足はもう街道の町家のならびに入ろうとしていた。人の通りが急に増える。

「あれ、早かったのですねえ」

と、大和屋の帳場には嘉吉が座っていた。お得意からの小口な注文が二件ほどあったようだ。箕之助から店の品についてなにも聞いていなくても商いは十分にできる。いままでは嘉吉が蓬萊屋で温次郎の薫陶を受けているのだ。注文品の引継ぎだけをし、

「それでは」

嘉吉はなんら訊かずに腰を上げた。いま箕之助がなにやら動いていることについては、箕之助がみずから話さぬ限り、自分から訊《たず》ねてはならぬと仁兵衛に言われているのであろう。献残屋のイロハである。それを嘉吉は忠実に守っている。そのさわやかさに、かえって箕之助は口を開いた。

「仁兵衛旦那に伝えておいてくれないか」

岡島屋敷での経緯だ。嘉吉は顔色を変えることもなく、返事だけをして帰っていった。

「あいつめ、わたしの上手《うわて》を行くかもしれないねえ」

呟いた箕之助に、

「こんなことで上手など、行ってもらいたくないですよ。嘉吉さんだけじゃなく、誰であろうと」

志江は笑って返した。だが、目は笑っていなかった。

寅治郎が舞と一緒に戻ってきたのは、まだ陽のある時分だった。いつもより早い。やはりその後の岡島屋敷の進捗《しんちょく》が気になるのだろう。意図的に仕事を早めに切り上げてきたようだ。

「お兄さんね、今夜からしばらく左右善先生のところから志村屋敷に通うことになったから」

などと志江から聞かされ、

「えっ。あんなおっちょこちょいが療治処に泊まりこんで、おセイちゃん大丈夫かしら」

舞は冗談を口にしたものの、事の深刻さを察し、

「で、どうだったの」

卓袱台に身を乗り出した。

寅治郎もすでに聞こうといった態勢をとっている。なにしろ誠十郎と継之輔の兄弟仲を調べれば全貌が分かると示唆《しさ》したのは寅治郎なのだ。

話すのはもっぱら志江だった。

兄弟仲は分からなかったが、二人が賢愚の両極にも等しいことが分かっただけで、

「うむ。殺《や》ったのは弟だな」

寅治郎はほぼ断定的に言った。

話がコンの行状におよぶと舞が、

「許せない！」

さらに身を乗り出した。トリカブトで一服盛ったのは、おそらくコンであろう。だがやはり、舞の怒りもコンに対してではなく、継之輔に対してであった。寅治郎はふたたび、

「うーむ」

腕を組んだ。

「色じかけというは、女から男に対するものとばかりと思うておったが、その逆もあるのかのう」

「日向さま」

「いや、志江どの。怒るな。冗談で言うておるのではない。真剣だ。志江どのが瞬時見たという継之輔の表情が気になる」

顔に不敵な歪みを示したという、コンと誠十郎の遺体を見下ろした、あのときの表情についてである。

「そいつはたぶん、掌中《しょうちゅう》のコンに対してであったかもしれんぞ」

「えっ、ならば！」

志江は背筋を伸ばしブルッと身震いした。

「さよう。そのならばじゃ」

寅治郎は低い声で応じた。

舞は意味が分からず、キョトンとしている。

「つまりだねえ、このあと継之輔が口封じと身の保全のため、おコンさんを葬《ほうむ》るかもしれぬということさ」

脇役になっていた箕之助が解説を入れた。部屋住の愚弟が五百石を継ぐため、考えられることである。むしろ継之輔にすれば、総仕上げのためにはやらねばならないことかもしれない。

「えぇぇ！　そこまで？」

舞の驚愕する声に、

「きょうにもおコンさんは、一人で奥方の容態を知らせにか薬湯をもらいに、左右善先生のところへ行くかもしれません」

「うむ。あのあたり暗くなれば」

志江が言ったのへ寅治郎はつづけ、脇においた刀を手に取り立ち上がった。

「襲うなら三田寺町！」

箕之助もすかさずつづいた。

舞いも立とうとしたのを、

「舞ちゃん！　ここから先は日向さまとうちの人に」

志江は袖をつかんで引きとめ、

「おまえさま、これを」

折りたたんだ提燈を渡した。

「うむ」

箕之助は頷きながら受け取り、無造作にふところへ入れた。寅治郎のふところには鉄扇が入っている。外はすでに暗くなりかけていた。初秋ともなれば、ひところと違っていったん暮れはじめると、闇の帳《とばり》は駈け足で降りる。

五

箕之助と寅治郎は急いだ。

「もしも、もしもですよ」

近道の武家地に大股《おおまた》の歩を進めながら、箕之助は寅治郎に問いかけた。

「日向さまが、もしその、継之輔の立場なら、ほんとうにおコンを葬《ほうむ》りますか」

「うむ。これまでの推測が当たっておれば」

寅治郎は応じ、

「封じる、コンの口を」

断言するように言った。

二人の歩はさらに速まった。継之輔の動きを見るのは、その推測が当たっていたかどうかを見ることにもなるのだ。

往還を歩くにはすでに提燈の明かりが必要となっていた。しかしさっき通り過ぎた街道筋の町家ならともかく、武家地とあっては壁ばかりがつづき、火をもらうところはない。それでも二人は速足を進めた。

札ノ辻からの往還は、片側が武家地でその向かいが三田の町家である。

前方に白壁の途切れるのが認められた。札ノ辻からの往還である。本街道と違い、明かりは極端に少ない。間もなくそれらも消えることであろう。

「ん？」

白壁の枝道からその往還に提燈の明かりが歩むのを、二人は目にとめた。三田二丁目から三田寺町への脇道に向かっている。見慣れた背格好で、手にした提燈の明かりに顔がチラと見えた。

「留さん」

思わず箕之助は押し殺した声を投げた。留吉である。提燈のほかに、昼間冗談に言っていた槍鉋をほんとうに小脇へ抱えこんでいる。

「あっ、箕之助旦那。それに日向の旦那も」

足をとめ応じた口調が、いかにも驚きよりも安堵の色を乗せていた。

「よかった。お二人ともこのまま一緒に歩いてくだせえ」

「ほう、そうか」

寅治郎が返し、わけの分からないまま二人は留吉に肩をならべた。

「いま、来てるんでさあ」

歩を進めながら、留吉は問われるよりさきに話しはじめた。間を惜しむような早口であった。


その日、夕刻に近い時分である。これから外に出るには提燈の用意が必要だろうと思われるころだった。ちょうど箕之助と寅治郎が志江と不服そうな舞の顔に見送られ、大和屋の玄関を出たころのことのようだ。

留吉はすでに志村屋敷の台所修理普請にきょうの一段落つけ、しばらく泊まりこみになるかもしれない左右善の療治処に甲懸《こうがけ》を脱いでいた。

「あのお雀《すずめ》さんたち、目の色を変えていましたぜ」

留吉は左右善に話した。志村屋敷の腰元や中間たちのことである。もっとも、台所の普請場で話題を披露したのは留吉のほうである。

「ふむ。さようか」

左右善は頷き、

「ならば、そのささやきはもう白壁を越えていようなあ」

「えっ。あんなに一つ一つが隔絶されたお屋敷でも、そんなに早く伝わるものですかい」

「伝わる。現におまえさんが志村屋敷に伝えたではないか」

左右善は留吉を非難しているのではない。その逆である。セイも夕餉の用意をしながら聞き耳を立てている。

「壁を隔てても、腰元たちは互いに耳と口は通じ合っているものだ。あの継之輔も、直接耳にしなくても、屋敷の腰元や中間たちの素振りから、すでに感じとっていよう」

「へぇえ、そんなもんですかい。だとすりゃあ」

「さよう。推測どおりとすれば、噂のあまりにも早いのに驚き焦りを感じよう。しかも、あすにも親戚たちが大勢屋敷に来ることになる。だとすれば、継之輔はすでに冷静さを失っておろうかのう。始末をつけようと動くのはきょう一日。あとわずかしかないということになる」

左右善も以前は武士である。寅治郎とおなじ判断を下してもおかしくはない。留吉は緊張を覚えた。

岡島屋敷の奥の部屋で奥方が目を覚まし、療治処にそれを告げに来るはずのコンはまだ来ていない。外を歩くには、もう提燈が必要となってきている。

「きっと来る。志江さんもそう言うておった」

左右善は言い、留吉とともに待った。

来た。セイが玄関にすり足をつくった。火の入った提燈を提げていた。

「すいません、遅くなりまして」

コンの声である。

「奥方さまはもっと早くに気がつかれていたのですが、葬儀の準備に部屋のかたづけなどで忙しく、継之輔さまに言われこの時分になってしまいました」

部屋まで聞こえる。

「よし」

左右善は出かけようと腰を浮かし、

「うっ」

動きをとめ、玄関へ聞き耳を立てた。屋敷内が慌しいのは事実であろう。若党や中間たちは連絡のため岡島家の親戚や菩提寺などに走り、いま屋敷内で男といえばあるじの記内と継之輔だけかもしれない。腰元たちは部屋の準備で手が足りず、隣家からも手を借りていようか。コンの来るのが遅くなったのは仕方ない。しかし、この時刻にまでずらせたのは継之輔のようだ。奥方は早い時点に意識を回復していたのに、「継之輔さまに言われ」とコンは確かに言ったのだ。

さらに聞こえた。

「継之輔さまから、この時分になって左右善先生にご足労を願いますのは申しわけなく、また屋敷も立てこんでおりますれば、薬湯だけをいただいて来いとのことでございます」

コンは徳利を持参していた。このとき左右善の処方箋は決まった。すでに夜の帳《とばり》に閉ざされ人通りのまったくない三田寺町の往還を、コンは一人で帰るのだ。これから留吉を芝三丁目と二丁目へ箕之助と寅治郎を呼びに走らせたのでは間に合わない。留吉と二人で道筋を見張るしかない。

留吉は左右善に指示され、そっと療治処の勝手口から外に出た。

「これが考えすぎならばよいのだが」

左右善は呟くように言っていた。コンの歩む道筋は分かっている。留吉が事前に岡島屋敷の近くまで行き、継之輔が出てきたなら跡を尾《つ》け、コンのあとを尾けた左右善と挟み撃ちにし、コンに斬りかかった動かぬ証拠が出来《しゅったい》すると同時に飛び出し引っ捕らえようというのだ。危険がともなうのは承知の上である。コンを助けられるかどうかも不透明だ。だが、これしか方途《ほうと》はない。コンの身を思い、左右善と留吉が療治処の玄関口から無理やりつき添ったのでは、なおさら危険である。もし継之輔が実際にコンを葬る気なら、なに喰わぬ顔で近づき「心配で迎えに来た。ここからはそれがしが」と、左右善たちを押し返すであろう。そのとき左右善に喰い下がる理由はない。しかもコンは、継之輔を微塵《みじん》も疑っていないのだ。

その危険な処方箋の過程に、留吉は寅治郎と箕之助に出会ったのだ。安堵したのは当然であろう。それまでは、提燈を持つ手も足も震えながら夜道を進んでいたのかもしれない。いま療治処では、コンの徳利にセイが薬湯を入れ、左右善が処方を説明しているころであろう。

三人の足は、三田寺町の往還に入った。最初は芝の本街道筋とおなじで町屋がつづく。留吉から話を聞いた寅治郎も、左右善と同様決断は早かった。箕之助を三田二丁目の町家の路地に入れ、寅治郎はそのまま提燈を持った留吉と三田寺町の脇道に歩を進めた。

箕之助の提燈に火が入っている。留吉の提燈から移したのだ。この時分、明かりを持たずに路地裏にたたずんでいたのではかえって怪しまれる。

待った。ときおり路地の筋を変える。

見えた。揺れる提燈が徳利を抱えた若い腰元姿を闇に浮き上がらせている。箕之助はコンの顔を知らないが、このような時分に町家でも若い女が一人で出歩くものではない。路地でコンの通りすぎるのをやり過ごし、留吉から聞いた処方箋どおり、つぎの明かりを待った。前方の明かりが見えるか見えないかの間合いをおき、それは来た。

「左右善先生」

不意に路地から声をかけられた左右善は、ハッとしたように足をとめ腰を落とした。さすがは元武士である。腰には大刀を一振《ひとふり》帯びていた。そのような左右善の姿を見るのは、箕之助は初めてである。

「わたしですよ、箕之助です」

「なあんだ、びっくりさせるな。なぜここに」

左右善も緊張したようだ。わけを聞くとさきほどの留吉とおなじように大きく安堵の頷きを見せた。挟み撃ちの人数が倍になったのだ。しかもその一人は日向寅治郎である。よしんば継之輔が予測どおりであったとしても、コンの命を救える見込みは高まった。

「参ろうぞ」

提燈の火を消し、進む足も軽くなったようだ。明かりは箕之助の提燈一つである。目立ちすぎてもならず、二つとも消し闇に隠れるようであってもならないのだ。

足が軽くなったのは留吉のほうも同様である。

「へへへ。こうなりゃあその継之輔とやらいう次男坊に、みんなの予測どおりあのお女中を襲ってもらいたいもので」

饒舌にさえなり、

「黙って歩け」

「へえ」

寅治郎に叱責され首を縮めていた。

片側お寺の壁ばかりの道筋を離れ、武家地に入った。普段なら気にならない甲懸と草履の足音ばかりが耳に響く。その静けさのなかに、岡島屋敷のみがいま大わらわであるなど想像もできない。

ただ静寂のなかに歩を進め、見えてきた。その想像もできない屋敷の正面門が、闇のなかに輪郭を浮かび上がらせている。

「あれですぜ」

留吉は言い、

「よし、待とう」

寅治郎は留吉の半纏を引き、門の視認できる角に身を隠した。出てくるとすれば、コンを送り出してから療治処で徳利に薬湯をつめ、三田寺町に戻ってくる間合いを計っているはずである。

いまがそのほどよい加減のころである。

待つほどもなく、

「旦那っ」

「しーっ」

視認よりも、耳門の開く音が聞こえた。目を凝らすと、門に人影の動くのが感じられる。明かりを持っていない。このような時分に明かりを持たずに出かけるなど、尋常ではない。寅治郎は予測の当たっていたことを確信した。

「消せ」

命じた。

「へえ」

留吉は火を吹き消した。赤羽橋のときのように、臨戦態勢に入ったことを留吉も感じとった。音を立てぬように提燈を腹掛にはさみ、槍鉋を持つ手に力を入れた。

「行くぞ」

二人の影は往還に出た。前方の白壁に沿い、人影の進むのが見える。間違いなく袴に両刀を差した武士の影である。歩み方からも若さが感じられる。寅治郎は気づかれぬ程度に間合いを縮めた。継之輔にさほどの剣術のたしなみはない。叩きのめすのは容易だ。だが、襲わせた上でコンを救わねばならない。そうしなければ、全貌が明らかにできないばかりか、コンが継之輔の呪縛《じゆばく》から解かれることはないのだ。

他に人影はない。淡く小さな明かりに浮かぶコンの影が一つ見えるのみである。わずかな風に樹々が鳴った。赤羽橋のときもそうだった。

（継之輔はきっと出て来る）

左右善と箕之助の予感は強まる。

「近づきましょう」

箕之助は言い、提燈の火を消した。

「ふむ」

左右善は頷き、足音に注意し歩を速めた。

いま、双方のあいだにコンと継之輔が歩を進め、しだいに近づきつつあるのだ。処方箋の根拠は、すでに推測などではなくなっているのだ。


（未熟だな）

寅治郎は思った。留吉も、息を殺し甲懸の歩を進めている。間合いを縮めても、継之輔は前方にのみ気を取られているのか、背後に二つの影が尾行していることにまったく気づくようすがないのだ。

（おっ）

寅治郎と留吉は同時に視認したが、声には出さない。継之輔の影の前方に、小さな明かりが見えたのだ。その明かりが止まったようだ。上に動いた。かざしているのだろう。明かりは元の高さに戻り往還の脇に寄るように動いた。

その動きを、左右善と箕之助も確認した。コンは前方の人影に気づいたのだ。脇に寄った。影もそのほうに近づく。コンの足はふたたび止まった。恐怖からであろう、明かりが小さく右に左に揺れはじめた。前に進もうか引き返そうかと戸惑っているのが、その動きから分かる。突然だった。影は抜刀するなり走りはじめた。

「それっ」

寅治郎は走り留吉もつづいた。左右善と箕之助も同時に走っていた。

明かりと抜刀した影は至近距離となった。

「アアァァ」

コンの恐怖に絞り出した声が聞こえる。徳利が落ち激しく割れる音と同時に提燈の明かりが迫る影に投げつけられた。

「継之輔っ」

「悪行《あくぎょう》、見えたり！」

その前後から音声《おんじょう》がほとんど同時に上がった。左右善と寅治郎である。

いきなり名を叫ばれ、罵声を浴びせられ、飛びかかろうとした身が一瞬ひるんだ。提燈が目の前に落ち、覆いの紙が燃えはじめた。襲ってきた男の姿が闇に描き出された。コンの目は捉えた。

「アア、継之輔さまっ」

操り人形の糸が切れたように、驚愕からかその場に崩れ落ちた。

「死ね！」

　ふたたび継之輔は身構え、踏み込んだ。コンの身は地面に崩れ落ちている。継之輔の技倆はその変化に追いつけなかった。切っ先は狂ってコンの髷《まげ》をかすめ簪《かんざし》が小さな金属音とともに撥《は》ね飛んだ。

「ヒーッ」

「くそっ」

　コンの愕然とした悲鳴に継之輔の唸りが重なり、刀の切っ先が再度コンに向かおうとした。刹那《せつな》だった。左右善のほうが一歩近かった。自分の立てた鋭い金属音へ間を置かずつづいた肉塊を打つ音を、左右善は慥《しか》と耳にとめた。同時に骨の砕ける音も感じた。駈け寄った左右善の大刀が継之輔の刀を叩き落とすと同時に、地を蹴った寅之助の鉄扇がその首を打っていたのだ。

　数歩遅れて駈け寄った留吉が継之輔の襟首《えりくび》をつかみ、地面から引き剝がすように引っ張り上げた。ぐにゃりとしている。

「死んでますぜ」

　離すと、にぶい音を立てまた地面に伏せた。即死だったのだろう。

「これがいいと思いましてな」

　寅治郎の低く吐いた言葉に、

「かもしれませぬ」

左右善は返した。生きながらえ、満天下にその行状が明らかになれば、身は切腹ならばまだしも、評定所の判断しだいでは武士にあるまじき行為として打ち首になるやもしれない。切腹とはみずから身を処することで、他に類は及ばない。打ち首は処断である。武士としてこれほどの恥辱はない。もちろん岡島家はよくて閉門か。記内は切腹となろう。寅治郎の鉄扇は、それを推測した上での瞬時の判断であった。

「これ、しっかりしなされ」

追いついた箕之助が身をかがめ、コンの肩に手をかけた。動かない。その場に、緊迫感はなかった。気を失っているだけであることを、さきほどの展開のなかに一同は看《み》て取っている。

寅治郎と左右善は目で頷き合い、留吉がまだ気を失っているコンを背負い、寅治郎が継之輔の死体を担ぎ、療治処への歩をとった。血は一滴も流れていない。痕跡といえば、砕け散った徳利の破片くらいか、珍しくもない。途中に人と出会っても、左右善がついている。「いやあ、急な食中《しょくあた》りでしてなあ」と説明すれば、なんら怪しまれることはない。

死体を背に歩を進めながら、寅治郎は言った。

「こういうとき、医者とは便利なものでござるなあ」

「こんなことのために、医者をやっているのではござらぬ」

左右善は根がまじめなのか憮然と応えた。

一行の足は札ノ辻から伸びる往還に出た。そこはもう三田二丁目である。


箕之助は一行と逆方向へ向かい、岡島屋敷の門前に立った。耳門を何度か叩くと、ようやく庭掃除の爺さんが出てきた。やはり屋敷では門番の中間まで出払っているようだ。耳打ちすると、爺さんは驚いたように母屋へ駈けた。記内はすぐに出てきた。母屋ではコンが戻らず継之輔の姿まで見えなくなったことに、ようやく腰元たちが騒ぎはじめたときである。記内も、次男の継之輔に疑念を感じていたのだ。父親として、ただそれを口にできなかっただけである。そこへ左右善の遣いとして継之輔の生死に関わる知らせを持った者が来たとあっては、裸足のままでもおもてに走らざるを得ない。草履はつっかけていたが、そのまま記内は箕之助とともに耳門を出た。

「早く。ともかく早くコンに会わせろ」

夜の往還に、記内のほうが箕之助を急かした。


療治処で気を取り戻したコンは、愕然としながらすべてを話した。信頼していた継之輔から命を奪われそうになったのである。

　コンは妊娠《にんしん》していた。もちろん子種は継之輔である。その継之輔から行く末を約束されていた。そのためには長子の誠十郎が、邪魔になる。コンは己《おの》れの将来と生まれる子のため、まっとうな判断力を失った。鐙《あぶみ》の紐が踏ん張れば切れるように細工をしたのが継之輔であれば、トリカブトを採取し、その附子の汁を吸い物に垂らしたのはコンであった。

　それらを、岡島記内は左右善の療治処で直接コンから聞かねばならなかった。話し終えると、コンはその場にドッと泣き伏した。セイがその背を撫でていた。思い切り泣き、あとはしゃくり上げるばかりとなった。

「お世話に相成り申した」

　岡島記内は左右善と寅治郎、さらに箕之助と留吉に向かい、ふかぶかと頭を下げた。

「武士とは相身互いでござるゆえ」

　言った寅治郎に左右善は頷き、田島記内はあらためて二人の顔を見つめ、ふたたび頭を下げた。

六

岡島家にとって、激震の走った数日だった。一度の葬儀に、棺桶を二層も出さねばならなかった。当然、衆の耳目を引く噂は武家地ばかりか町家の巷間《こうかん》にもながれ出ていた。記内が御台所御留守居番のお役御免を柳営《りゅうえい》(幕府)に願い出たのは、長子の誠十郎が病死で次子の継之輔が事故死と届け出て受理された数日後であった。

無役となっても、五百石の禄高はそのまま残る。岡島の家が、浅野家のように断絶することはなかった。

コンはこの激震のあいだ、ずっと左右善の療治処に引きこもり、一歩も外に出なかった。おかげで留吉は締め出され、毎日芝二丁目の裏店から志村屋敷の普請場に通わなければならなかった。

「あーぁ、これでしばらくせいせいすると思っていたのに」

舞が志江に愚痴をこぼしていた。

志村屋敷の普請場では、毎日町家から通ってくる留吉は渦中の人だった。腰元も中間たちも、巷間にながれている噂を知りたいのだ。だが留吉は推測のときの段階とは違い、適当な流言は口にできても、真相を話すことはできない。ふたたび口元をうずうずさせ、悶々とする日々を過ごさねばならなかった。それが高じて、つい柱の木材にあの夜使えなかった槍鉋を強く打ちこんでしまったりしていた。そのようなとき、顎《あご》で使っている少年のような下職に当り散らしていた。

コンが田町二丁目の療治処を出る日が来た。留吉が入っている志村屋敷の普請場もあと一日か二日でこけら落としになろうかという日であった。

岡島屋敷の女中頭が療治処を訪れていた。コンが身をしばらく落ち着ける場が、東海道から離れた浅草近辺に用意されていた。そこまでは三田寺町界隈の噂はながれていない。コンはそこで子を産むのだ。経緯《いきさつ》はどうであろうと、岡島家の血を引く子であることは間違いないのだ。その子が男の子であれ女の子であれ、岡島家が引き取るというのである。

「すべて、奥方さまのご決断と差配によるものです」

女中頭は左右善に言った。

「うむ」

左右善は頷き、

「苦渋のご決断でございましたろうなあ」

ポツリと言った言葉に、女中頭は黙したまま首を小さく縦に振っていた。大事なのは、血筋なのである。

「おコンはそのあと、どうなりましょうかなあ」

左右善は女中頭に訊いた。

「さあて、あの者は郷里にでも帰りましょうか。当面の生活《たつき》の費用と路銀くらいはお屋敷が用意しましたゆえ」

さらりとした応えが返ってきた。おコンがふたたび、遠い将来においても、三田界隈に戻ることは許されない。その措置に、左右善には得心するものがあった。

話を聞いた志江も居間で簡単な昼を摂《と》りながら、

「そうなるべきでしょうねえ」

箕之助に言った。

その会話の最中だった。嘉吉が商用で大和屋に顔を出した。箕之助は仁兵衛に言付けを頼んだ。

「おかげさまで、うまく幕引きができたようです、と」

それだけだった。いつもの中庭に面した部屋で仁兵衛は嘉吉からそれを聞き、「そうか」と一言だけ頷くことだろう。

三田二丁目に異変があったのは、コンが人知れず療治処を出てから四日ほどを経てからであった。仁兵衛にも箕之助にも、それは突然であった。左右善が、セイをつれて江戸を離れ、上方に住まうというのである。

田町界隈の驚きは大きかった。せっかく親しまれ、信頼されているのに、理由が分からない。だが、寅治郎はむろん箕之助にも仁兵衛にもそれは分かるような気がした。上方に移れば、左右善の以前を知る者はいない。セイも一緒である。引越し先の周囲はほんとうの孫娘と思い、そう遇することであろう。

その日、三田二丁目の往還に、界隈の見送り人が集まった。そのなかに、供をつれひときわ目立つ武家の夫婦がいた。他よりも多そうな餞別《せんべつ》を用意し、二人そろってふかぶかと頭を下げていた。岡島家夫妻である。

三田界隈の町役たちとともに、大中屋琴ヱ門の顔もあった。隅に隠れるようなことはなかった。それどころか、左右善の突然の引越しをいかにも残念そうに、札ノ辻の街道まで一緒に歩いた。離縁したお祐を呼び戻そうと、その仲介を左右善に頼もうとした矢先だったのだ。あとは自分で行動する以外にない。

まだ太陽は東の空である。街道では、田町八丁目の茶屋で箕之助と志江が待っていた。

舞が呼びとめ、寅治郎も腰を上げ縁台に迎えた。旅装束の左右善とセイは腰を下ろした。

舞が出した茶を二口、三口喫し、

「さあてと」

左右善はセイをうながし、立ち上がった。一同は品川宿の方向へその姿が見えなくなるまで見送った。

「上方へ移るのは、もっと早くに決めていて、岡島屋敷の一件でつい遅れてしまったのかもしれんのう」

その背に寅治郎は呟き、箕之助はハッとしたように頷いた。街道は荷馬が通り大八車がすれ違い、辻駕籠が走り、いつものながれになっている。寅治郎はもうそれらに目を向けていた。


芝三丁目に戻ってから、箕之助はなぜか空虚な思いになり仕事が手につかず、ふらりとおもてに出た。

(武家屋敷の中に生まれなくてよかったわい)

町家の人混みのなかに、ついそう思えてきた。左右善はその武士をあらためて捨てるため、上方へ向かったのである。

箕之助の足は赤羽橋のほうへゆっくりと向かった。

「おや、またかね。奥にいなさるよ」

温次郎がいつものように廊下を手で示した。

仁兵衛もきょう朝方、見送りのため田町二丁目へ足を運んでいたのだ。

いつもの庭に面した部屋で、ゆっくりと茶を喫していた。

二人が交わす会話のなかに、込み入った話は出てこなかった。ただ仁兵衛は、とりとめのない世間話のなかに、やおら箕之助の顔に奥目の小さな視線を向けた。

「儂もおまえも、日向の旦那や大工の留さんまで巻きこんで、どこか余計なことをしているのかもしれないねえ。献残屋とは、ほとほと因果な商いです。これからも、まだつづきそうな」

「へえ、そのようで」

箕之助は返した。そろそろ増上寺から夕のお勤めの響きが聞こえてくる時分であった。

中庭の草木も遠くの樹々の葉も、もうすっかり秋の装いであった。

あとがき

わが町にも中古家電製品の回収業者の車がよく来る。ご時勢であろうか、かつてのお払い物のように買い取ってくれるのではなく、無料で引き取ってくれるのだ。私も二、三度お世話になったことがある。もちろん無料で引き取ってくれた時もあれば、古い型のテレビやスチールの本棚などは逆に有料であった。それでも有り難いと思った。部屋の中が片付くだけでなく、持って行ってもらった中古家電や鉄くずが資源として再利用される。そこが有り難いのであり、そのために進んで金も払うのである。

一度、近所の公園の片隅に古いテレビと冷蔵庫が放置されていた。「出した人は責任をもってお持ち帰り下さい」と記した紙が貼ってあったが、一カ月ほどそのまま公共の場を汚く占拠していた。道路わきに電子レンジが捨ててあったのを見たこともある。これもわがマンションのすぐ近くで、やはり一カ月ほど錆びて汚れたまま風雨にさらされ目障りこの上なかった。捨てた人は回収業者の車を呼び止めるのが面倒だったか、それとも費用を惜しんだかのいずれかであろう。いずれにせよ明らかに身勝手な迷惑行為であり、公共常識に欠けるばかりか資源の観念も欠如している人であろう。こうした輩《やから》は、一般社会で共に生きるには不適格者と言わねばならないのではないか。

　本シリーズの背景である江戸時代、この種の不適格者はいなかった。というよりも、存在し得なかった。ものを大事にしなければ社会が成り立たなかったからである。もちろんこの本質は、今も昔も変わりはないのだが。本編ではそうした社会の一端として蠟燭《ろうそく》の流れ買いや古傘の油紙を再利用している場面が出てくるが、当時はそれらが倹約家でも物惜しみ屋でもなく、ごく当たり前のことであった。現在のように、空き缶のポイ捨てなどおよそ考えられない時代だったのだ。だから本シリーズ主人公の献残屋などは、社会の必然より生まれた職業であった。といっても、社会の流れを潤滑にしこそすれ表舞台に立つ商いではない。だから一層、それらの目には人々の営みの裏側まで見えてくるのだ。

　第一話の「秘めた刃」は、敵持《かたきも》ちとして世を忍ぶ人が仁徳を備えた医者となり、討手《うって》のほうが身を持ち崩し、押込みや辻斬り犯となって寅治郎の刃にかかり、箕之助からわずかに同情されるような死に方をする。この男も武家社会の犠牲者であったかもしれないが、かといって、もし「三十年前の殺傷事件」がなければ平凡で真っ当な人生を送っていただろうか。やはり男の行状が示すとおり、いずれにおいても社会の不適格者として、矯正《きょうせい》の必要な人物になっていたことは間違いないだろう。この男を過去もろとも抹消するのは、まさに社会正義に適《かな》っていたのだ。

第二話の「女騒動」では、鎌倉、室町、江戸初期を通じて、実際に武家社会の風習であった〃うわなり打ち〃を題材にした。本編でも匂わせたように、その風習には非常に合理的なものがあった。現在でも理不尽な離婚問題に限り、うわなり打ちがあっても器物損壊罪は適用しないといったくらいの法律があってもいいのではないか。だが、合理性のあるこの風習を利用し、非人間的な行為を企《たくら》むのはなおさら許されるものではない。舞台が女騒動であるだけに、ここでは箕之助や寅治郎たちよりも志江や舞に活躍してもらうことになった。女性パワーは今も昔も、決して弱いものではないのだ。

第三話の「お命大事」は、すでに本シリーズの一つのパターンとなっている忠臣蔵外伝である。決して荒唐無稽な話ではない。赤穂浪士が大石内蔵助を中心に結束するまで、堀部安兵衛や高田郡兵衛ら江戸組急進派に内蔵助が苦慮し、その跳ね上がりを最も懸念していたことは事実である。また本編の寅治郎たちのように、江戸市井に赤穂浪士たちを野次馬根性ではなく親身になって支援した人材も、決して少なくなかったはずである。実際に浪士の討入りまでにはさまざまな事件やエピソードが発生しているが、寅治郎、仁兵衛、箕之助らもまたさまざまな形で関わって行くことになろう。

第四話の「殺しの手法」では、町医者の左右善《そうぜん》がふたたび重要な役割で登場する。左右善が継之輔に疑念を持ったのは、大中屋での苦い経験があったからであり、またそこに足を踏み入れてしまうのは、「秘めた刃」に見る仁徳の医者であったればこそのことだった。その意味からも第四話は第一話と二話の続きのようになったが、そこにも献残屋箕之助や日向寅治郎、それに志江や舞たちの、悪を憎む心情が最大の原動力になっていたことを汲み取っていただければさいわいである。

仁兵衛が第四話の最終場面で「献残屋とは、ほとほと因果な商い」で「これからも、まだつづきそう」と言ったように、リサイクル社会がそこにある限り、本シリーズの種もまた尽きない。箕之助をはじめ日向寅治郎、蓬萊屋仁兵衛、それに志江や舞たちの活躍に今後とも皆さまのご支援をよろしく賜《たまわ》りたい。

平成十九年　冬

喜安　幸夫

ベスト時代文庫
献残屋 秘めた刃
喜安幸夫

2008年1月5日初版第1刷発行

発行者……………… 栗原幹夫
発行所……………… KKベストセラーズ
〒170-8457 東京都豊島区南大塚2-29-7
振替00180-6-103083
電話03-5976-9121(代表)
http://www.kk-bestsellers.com/
DTP……………… オノ・エーワン
印刷所……………… 凸版印刷
製本所……………… 明泉堂

落丁・乱丁本はお取替えいたします。
定価はカバーに明記してあります。

Printed in Japan ISBN978-4-584-36624-0 C0193

ベスト時代文庫

驟雨を断つ　巴の破剣
牧秀彦

闇の仕置き人となった男たちの溢れる人情味と迫力の剣戟描写！

邪炎に吠える　巴の破剣
牧秀彦

江戸庶民を恐怖に陥れる付け火の下手人を討て！シリーズ第3弾！

裏切りに啼く　巴の破剣
牧秀彦

師弟、激突！　篤き男たちの絆を裂く謀略の仕掛人を討て！

般若同心と変化小僧　天保怪盗伝
小杉健治

鬼同心と神出鬼没の盗人。天のみぞ知る二人の意外な関係とは…？